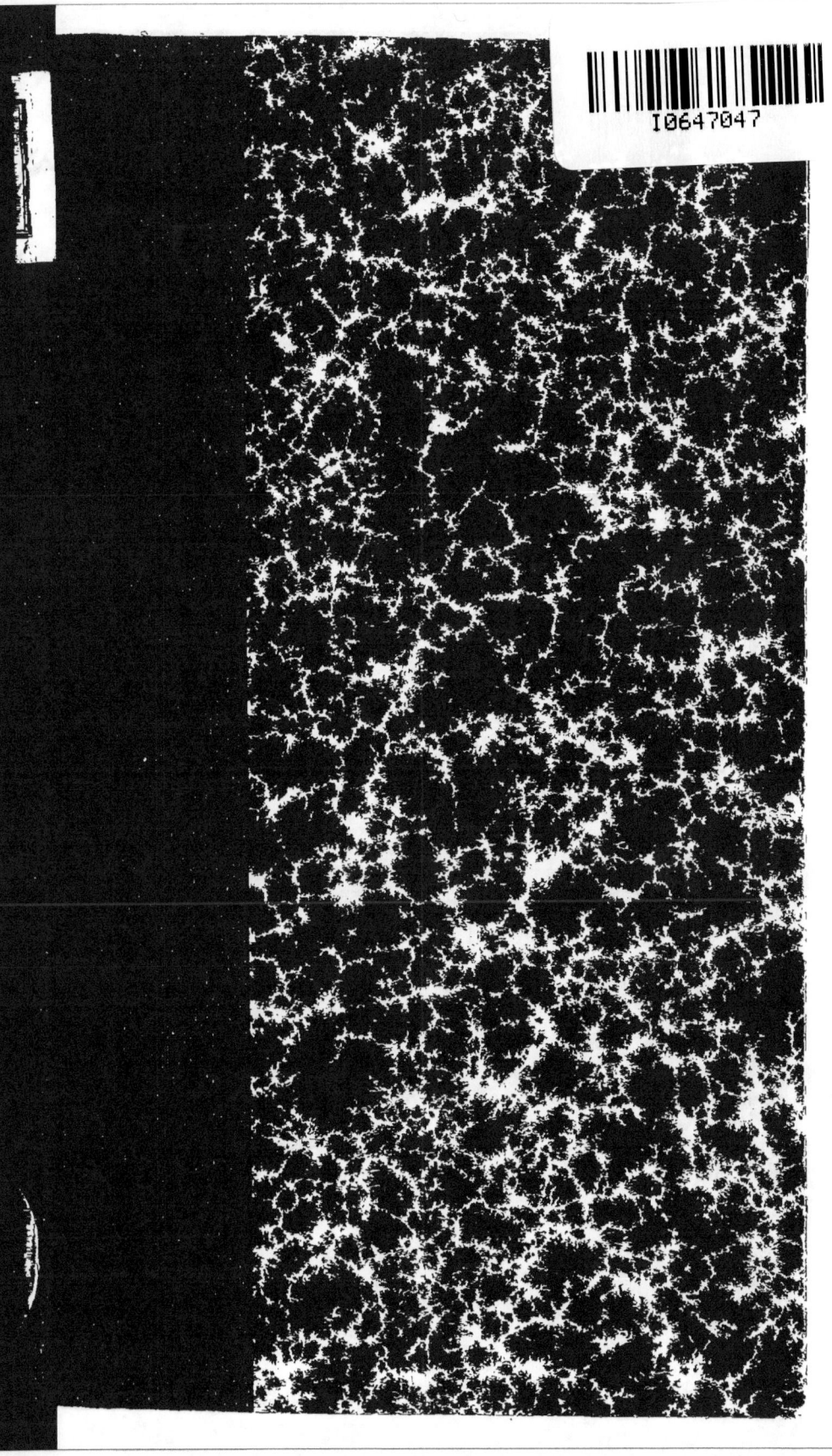

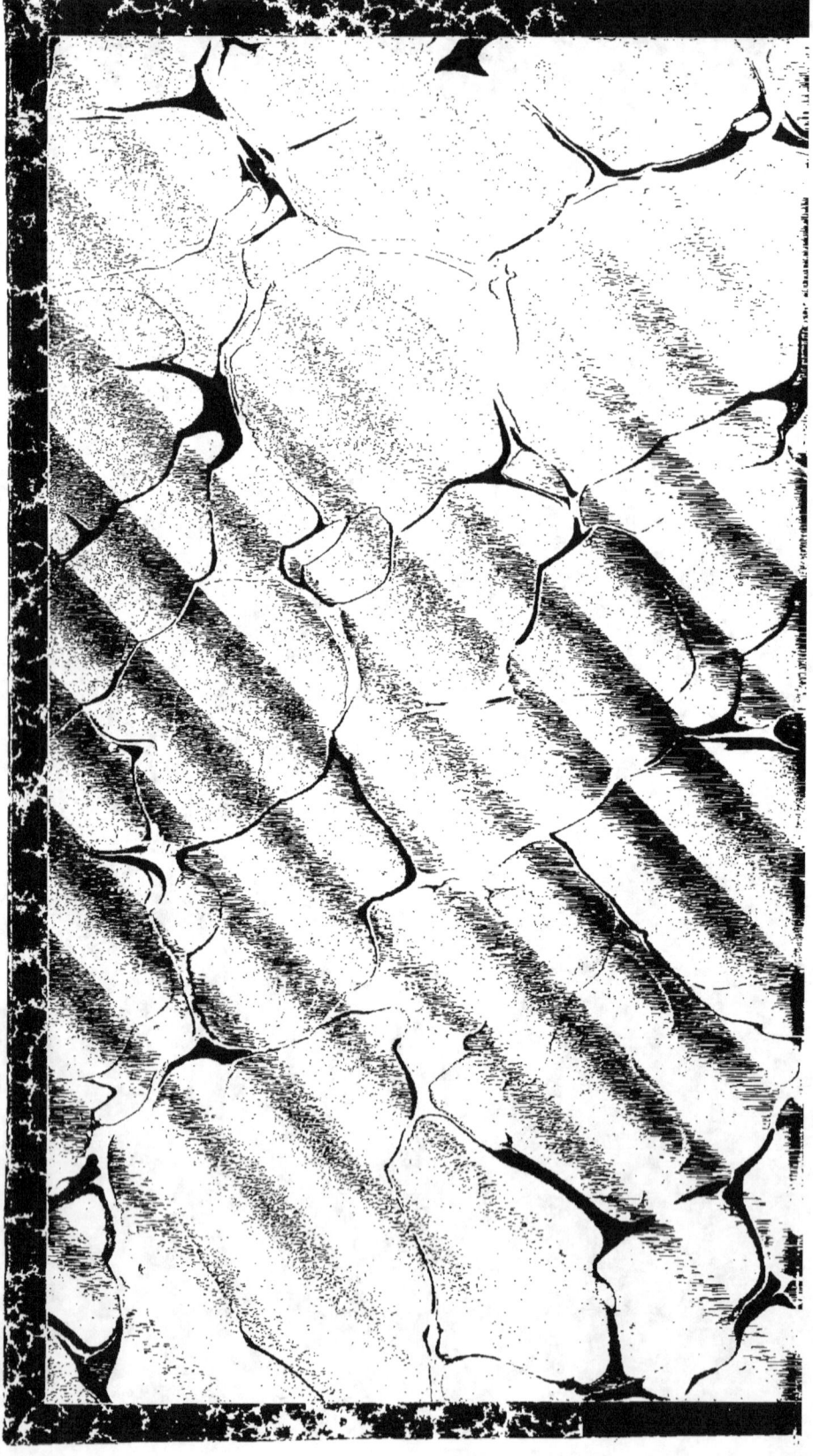

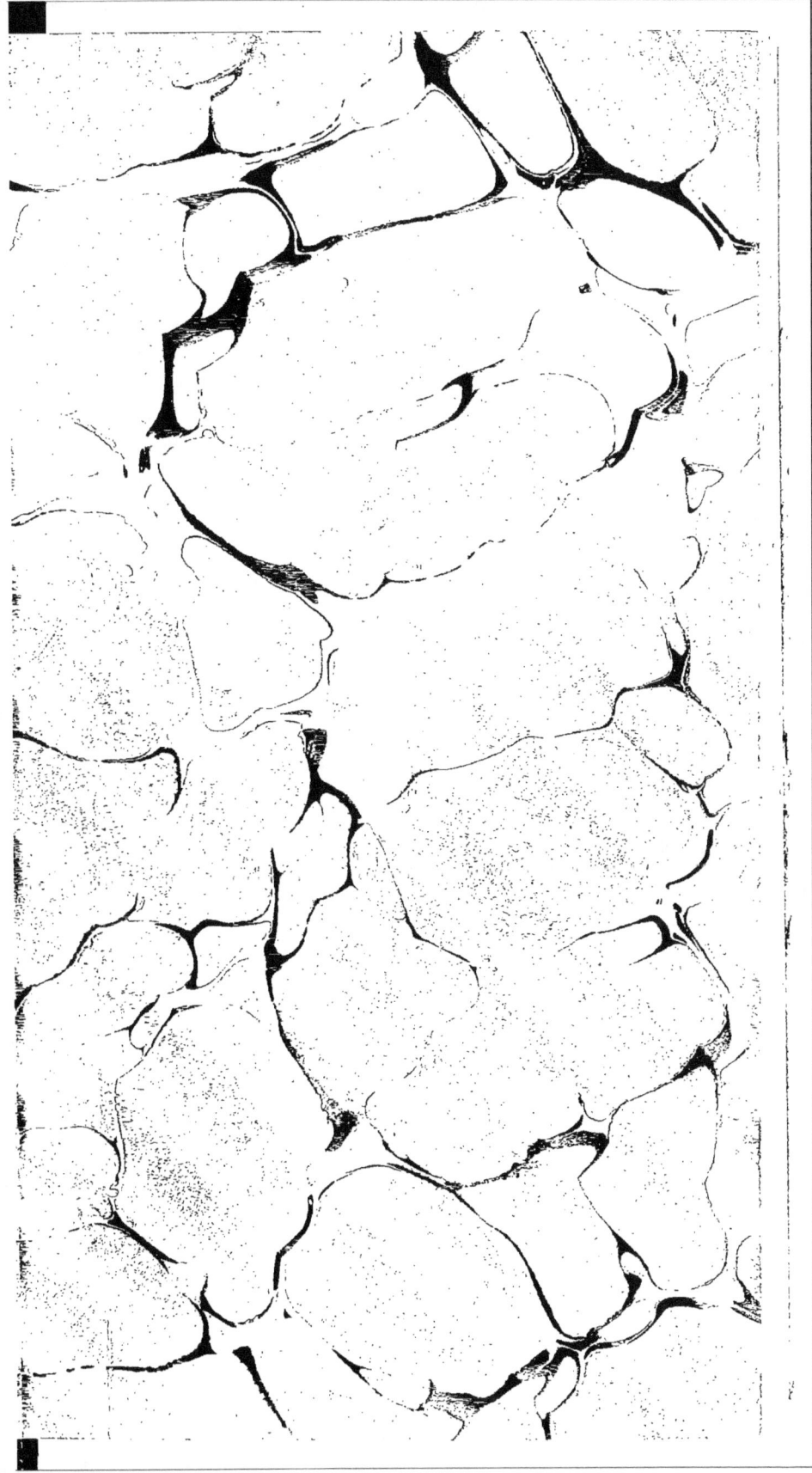

FASTES
DE LA MARINE.

Ardant Frères, éditeurs.

BIBLIOTHÈQUE RELIGIEUSE ET MORALE

POUR L'ENFANCE ET LA JEUNESSE.

⸺◆⸺

FASTES
DE LA MARINE.

CORTEZ.

FASTES

DE

LA MARINE,

OU

AVENTURES LES PLUS REMARQUABLES

DES MARINS,

Ouvrage utile aux Navigateurs, aux Naturalistes;

RÉDIGÉ POUR L'INSTRUCTION DE LA JEUNESSE,

PAR AUBERTUIS.

PARIS,	LIMOGES,
MARTIAL ARDANT FRERES,	MARTIAL ARDANT FRERES,
rue Hautefeuille, 14.	Imprimeurs-Libraires.

1842.

C.

INTRODUCTION.

Quel intérêt toujours croissant n'offre pas la lecture des infortunes, des aventures et surtout des naufrages de ces hommes hardis et intrépides qui osent exposer leur vie sur les plaines immenses de l'Océan, dont le calme n'est souvent qu'une trompeuse apparence ! Quelques pouces d'une planche fragile les séparent à peine de la mort, et tous les fléaux peuvent être déchaînés contre eux ! Mais l'homme rempli de courage et d'audace brave tous les dangers ; non content de confier ses jours à l'élément le plus perfide, pour aller à la découverte des régions les plus éloignées, *il l'affronte encore pour y livrer des combats infiniment plus dangereux que ceux qu'illustre sur la terre sa bravoure guerrière, et il y recueille une gloire égale ; mais le héros marin va se couvrir encore de lauriers au bout de l'univers, et y rendre à jamais respectable le pavillon de sa patrie.*

Il est indispensable de faire connaître les périls auxquels on s'expose dans un voyage marin et de long cours, afin que la jeunesse imprudente puisse peser avec fruits les raisons qui l'excitent à l'entreprendre, et celles qui s'opposent à une ardeur inconsidérée.

L'ouvrage que nous publions aujourd'hui remplira, du moins nous l'espérons, ces deux buts d'une extrême importance. Nous avons été d'autant plus encouragés à l'entreprendre, que, tout en éclairant nos lecteurs, nous aurons l'avantage de leur présenter un livre intéressant et des scènes variées presque à chaque page. Ils seront étonnés de voir que chaque naufrage n'ait jamais aucune ressemblance avec un autre, et que chacun d'eux présente ordinairement des particularités nouvelles, qui excitent la curiosité et portent l'attendrissement dans les âmes sensibles.

Qui n'a pas eu la louable curiosité de lire des relations de voyageurs ? C'est même par ce genre de lecture que commencent à se développer le désir de s'instruire et l'amour des sciences.

La sensibilité des bons cœurs trouve aussi à se satisfaire dans l'Histoire des naufrages. Nous croyons que la plupart de celles que nous avons recueillies feront répandre des larmes délicieuses.

FASTES

DE

LA MARINE.

Depuis la découverte du Nouveau-Monde, les mers des Indes ont été beaucoup plus fréquentées que celles des régions du nord, et les navigateurs y ont éprouvé des désastres sans nombre, qui égalent pour le moins les

1..

voyages heureux qui y comblèrent leurs espérances. Nous allons commencer par entretenir nos lecteurs d'une de ces scènes tragiques bien propres à émouvoir leur sensibilité, et à leur montrer les vicissitudes de la fortune, auxquelles les grands de la terre sont principalement en butte.

Emmanuel Sosa de Sépulveda, issu d'une des plus anciennes et des plus considérables familles de Portugal, se fit un nom dans les Indes par son courage et par ses belles qualités. Il obtint, vers le milieu du seizième siècle, le gouvernement de la citadelle de Diu, ville forte des Indes orientales, et ce poste ne se donnait qu'à des officiers d'une bravoure et d'un mérite éprouvés. Il le conserva plusieurs années ; mais, fortement pressé du désir de revoir son pays natal, amour de la patrie qui n'abandonne jamais les âmes bien nées, il s'embarqua au port de Cochin. Le vaisseau qu'il montait était chargé des richesses qu'il avait amassées, et de celles des officiers et passagers qui l'accompagnaient. Sosa ramenait avec lui sa femme Eléonore Garcie, fille de Sala, qui pour lors était général des Portugais dans les Indes, ses enfans, Sala, son beau-frère, avec quelques officiers et gentilshommes. Le nombre des matelots, des domestiques et des esclaves était considérable : tout l'équipage montait à six cents hommes environ.

L'expérience de la mer et des vents a fait reconnaître le mois de janvier comme la saison la plus favorable pour passer des Indes en Europe. Mais Sala fut malheureusement arrêté par quelques emplètes à Coulan (petit royaume d'Asie, sur la côte de Malabar), et ne put partir qu'en février. Le 13 du mois d'avril, ils découvrirent la côte des Cafres ; de là le vaisseau fit voile assez heureusement jusqu'au cap Bonne-Espérance, mais alors un vent du nord s'étant élevé, excita le plus épouvantable ouragan qu'on eût jamais éprouvé sur ces mers. Le ciel s'obscurcit tout-à-coup ; les vagues, soulevées jusqu'aux nues, menaçaient à chaque instant d'engloutir le vaisseau ; l'obscurité n'était interrompue que par des éclairs continuels et par un tonnerre affreux qui portaient l'effroi dans les cœurs les plus intrépides. Le pilote et les matelots, désespérés de ne pouvoir résister à la fureur des vagues, délibérèrent s'ils abattraient les antennes (vergues où sont attachées les voiles), et s'ils attendraient en mer que la tempête fût passée ; mais, épouvantés du redoublement de l'orage, et ne pouvant plus se flatter, à cause de la saison, de doubler le cap, d'un commun accord ils firent voile vers l'Inde.

Ce dessein ne fut pas plus heureux que l'autre, et les vents déchaînés semblaient avoir conspiré la perte de ce misérable vaisseau, déjà fort endommagé ; en vain le pilote et les matelots firent leurs efforts pour l'arracher à leur fureur : les côtés, trop fortement battus par les vagues, se déjoignent, et prennent plus d'eau que la pompe n'en peut vider ; les marchandises jetées dans la mer pour décharger le vaisseau ne diminuent point le danger. Ils étaient pour ainsi dire sans espoir, et chaque flot les menaçait de la mort. Mais, après plusieurs jours d'une tempête continuelle, un vent du midi décida de leur sort et les fit échouer. C'était le moindre des maux qui leur pouvaient arriver.

On jeta l'ancre aussitôt à la portée d'un trait de terre, et les chaloupes, qui étaient leur dernière espérance, furent mises à la mer : Sosa, son épouse et ses enfans, et les principaux de sa suite, ayant pris à la hâte ce qu'ils avaient de plus précieux, se jetèrent dans ces légères embarcations ; le danger les suivait : la violence des flots, soulevés par les vents et pressés par les bords du rivage, élevaient des montagnes d'eau capables de les abîmer. Cependant ils gagnèrent la terre avec beaucoup de peine et de péril. Tous ne pouvaient pas se servir de chaloupes ; car, après le second ou le troisième trajet, elles furent englouties et brisées sur des rochers cachées sous l'eau ; en même temps le câble de l'ancre se rompit, et les personnes qui étaient restées dans le vaisseau n'eurent d'autre moyen de se sauver que de se jeter à la mer pour gagner le rivage. Les uns se saisirent des tonneaux ou des coffres, d'autres se fièrent à leurs forces et à leur habileté à nager : très-peu néanmoins eurent le bonheur d'arriver sans accidents au rivage ; et ce naufrage coûta la vie à près de trois cents personnes, Portugais ou étrangers. A peine avaient-ils touché la terre, que le vaisseau s'abîma. Cette perte plongea les Portugais dans le plus grand désespoir. Ils auraient pu des débris de leur navire construire une espèce de brigantin ; et, quand le temps l'aurait permis, aller chercher quelques secours à Sofala ou à Mozambique ; mais cette dernière ressource leur manqua.

Sosa fit faire de grands feux pour sécher ou réchauffer ses gens, qui souffraient infiniment du froid, de la faim et de leurs blessures. Il leur fit distribuer avec économie une petite quantité de farine échappée au naufrage, mais à demi-gâtée par les eaux de la mer. Leur position était cruelle ; cette plage ne présentait qu'un sable inculte et des rochers arides. Après bien des recherches, ils découvrirent ce pendant des sources d'eau douce qui leur furent très-utiles. Bientôt ils commencèrent à se re-

trancher avec leurs coffres et quelques grosses
pierres, afin de pouvoir passer la nuit en sûreté.
Sosa n'oublia rien, en cette triste occasion, des
devoirs d'un bon citoyen et d'un maître bienfaisant. Il fit rester ces gens dans cet endroit
jusqu'à ce qu'ils se fussent rétablis des fatigues
et des tourmens de la mer, et tant qu'il eut
l'espérance d'y subsister des provisions que
les vagues avaient apportées du vaisseau. Il
fallut néanmoins songer à la retraite, et l'on
délibéra sur la route qu'on prendrait : tous
furent d'avis de suivre la côte jusqu'à ce qu'on
eût trouvé un fleuve appelé du Saint-Esprit, et
où les Portugais de Sofala et de Mozambique
faisaient un grand négoce. Ce fleuve était
éloigné de leur poste d'environ cent quatre-
vingts lieues. Sosa, après la résolution prise,
rassura sa troupe, et, par ses paroles et par sa
contenance, les exhorte à ne point perdre courage. « Il faut, leur dit-il, avant de s'exposer
à la mer, être résolu à supporter la faim, la
soif, les pertes et toutes sortes d'incommodités. »
Il ajouta que, dans cette disgrâce, il fallait
moins regarder ce qu'ils avaient perdu que ce
qu'ils avaient sauvé ; car la perte de leurs biens
ne pouvait être aussi grande que celle de leur
vie ; qu'il n'avait qu'un avis à leur donner :
c'était de ne songer à aucun bien particulier ;
que les intérêts particuliers devaient être bannis

en faveur de leurs compagnons. » Il finit par une prière que l'amour lui fit faire en faveur de son épouse et de ses enfans ; et il supplia ses compagnons d'infortune d'avoir quelques égards, dans le chemin, au sexe de l'une et à l'âge tendre des autres. Tous lui répondirent qu'il était juste que les plus forts et les plus robustes vinssent au secours des faibles, et qu'il pouvait les conduire où bon lui semblerait, qu'ils le suivraient partout et ne se sépareraient jamais de son obéissance.

Aussitôt ils se mirent en marche. Cette espèce de caravane se trouvait composée de Sosa, d'Eléonore son épouse, femme très-courageuse; de leurs enfans, encore incapables de connaître le danger de leur situation ; d'André Vasar, maître de vaisseau, et de quatre-vingts Portugais ; cette première troupe était suivie d'environ cent valets qui portaient tour-à-tour les enfans sur leur dos, et la mère dans une espèce de chaise ; ensuite venaient des matelots et des servantes ; enfin, Sala, son beau-frère, avec quelques Portugais et des esclaves, fermaient la marche.

Après quelques journées de chemin par des endroits très-dangereux, ils se trouvèrent arrêtés par des rochers inaccessibles et des torrens grossis par les pluies de la saison. Tout en cherchant à trouver les chemins les moins diffi-

ciles, ils firent plus de cent lieues au lieu de
trente qu'il leur restait à faire en côtoyant la
mer. Les vivres leur manquèrent, et ils furent
contraints de se nourrir de fruits sauvages, et
même des herbes dont se repaissent les animaux de ces cantons.

Après quatre mois de marche, ils arrivèrent
enfin au fleuve du Saint-Esprit, mais sans le
reconnaître; car il a dans ce pays trois bras
différens qui se rejoignent avant de se jeter
dans la mer. Leurs doutes furent dissipés par
le roi du lieu, qui se trouva d'autant mieux in-
tentionné pour les Portugais, qu'il avait, quelque
temps auparavant, négocié fort paisiblement
avec des chefs de cette nation. Ce prince reçut
obligeamment don Sosa et les siens, et leur
donna à entendre que le roi son voisin était un
homme fourbe et avide, dont ils avaient tout à
redouter. Le désir de regagner promptement
une contrée habitée par des Européens leur
ferma les yeux sur les malheurs qu'on leur
prédisait; mais ils eurent bientôt lieu de se
repentir d'avoir passé le second bras du fleuve.

Dès le lendemain ils aperçurent deux cents
Cafres qui venaient droit à eux. Quoique épuisés
de faiblesse, ils apprêtèrent leurs armes et se
disposèrent au combat; mais, voyant les Cafres approcher paisiblement, et témoigner
plus d'envie de les reconnaître que de leur

nuire, ils se rassurèrent et tâchèrent d'en obtenir des vivres pour de l'argent ou en échange
de quelques ferremens, dont cette nation est
très-curieuse. La confiance semblait s'établir
entre eux ; les besoins des Portugais favorisaient
leur bonne opinion à l'égard de ce peuple ; mais
l'occasion de dépouiller ces étrangers de tout
ce qu'ils possédaient parut trop favorable à ces
barbares pour la manquer ; et afin d'exécuter
plus facilement leur dessein perfide, ils firent
comprendre aux Portugais que s'ils voulaient
venir jusqu'à l'habitation de leur roi, ils seraient
fort bien reçus. Leur extrême lassitude, et la
joie d'avoir trouvé le fleuve qu'ils cherchaient,
un motif plus puissant encore, la disette des
vivres, leur fit accepter la proposition des
Cafres. Ils les suivirent donc vers la demeure
de leur chef ; mais celui-ci leur fit dire de s'arrêter dans un lieu couvert d'arbres qui se trouvait sur la route. Ils y restèrent quelques jours,
pendant lesquels ils purent acheter quelques
alimens grossiers avec divers effets qu'ils avaient
sauvés du vaisseau. Trompé par l'air de sincé-
rité de ce peuple, don Sosa crut qu'il pouvait
attendre dans cet endroit l'arrivée de plusieurs
marchands de Sofala, et fit demander au roi la
permission de s'y fixer et d'y construire quelques
cabanes pour lui, sa femme et toute sa troupe,

que tant de causes et de fatigues avaient diminuée.

Le roi, plus rusé et plus faux qu'on n'aurait dû le soupçonner, fit dire à Sosa que deux circonstances avaient retardé l'accueil favorable qu'il voulait leur faire : la première, la cherté et la rareté des vivres ; la seconde, la peur que ses sujets avaient eue de leurs épées et de leurs autres armes ; que si cependant ils voulaient les lui remettre pour sûreté d'un séjour paisible et tranquille, il consentirait à sa demande.

L'espoir de trouver un terme à leurs fatigues et à leurs maux, fit que les Portugais acceptèrent ces conditions, que la prudence devait leur inspirer de refuser. En vain Eléonore rappela à Sosa les impressions défavorables que le premier roi leur avait données de celui-ci ; il éluda les prières et les avertissemens de sa femme, et s'abandonna, par une funeste crédulité, aux offres artificieuses de ce prince. Le reste de la troupe suivit l'exemple du capitaine, et les armes furent livrées au roi perfide. Ils ne tardèrent pas à s'en repentir ; car aussitôt les Cafres s'emparèrent des trésors que les naufragés avaient apportés avec tant de fatigues, et les dépouillèrent même de tous leurs vêtemens. Honteuse de se voir exposée toute nue à la vue de ces infâmes voleurs et de ses propres domestiques, Eléonore Sosa se jeta dans un

fossé qui se trouvait à quelques pas, et s'en-
terra pour ainsi dire dans le sable , résolue de
n'en plus sortir. Accablée de fatigue et de douleur , elle ne put s'empêcher de dire aux Portugais qui ne voulaient pas la quitter : « Hélas,
mes amis , voilà les fruits de votre imprudente
confiance. Allez, je n'ai plus besoin de rien ;
ne songez maintenant qu'à vous ; et si le ciel
vous permet de revoir votre patrie, ne manquez
point de raconter à ceux qui daigneront se souvenir de l'infortunée Eléonore et de son mari, que
nos péchés ont attiré sur nous la colère du ciel,
et nous ont précipités dans un abîme de maux.»
Suffoquée alors par les sanglots, la voix lui
manqua ; mais elle jetait de tendres regards sur
ses jeunes enfans et sur son mari au désespoir.
Celui-ci, consterné de son imprudence et de
ses suites funestes, était immobile. Déjà les
Cafres s'étaient retirés avec tout leur butin ; les
compagnons du malheureux Sosa s'étaient dispersés pour éviter la mort dont ils étaient menacés, et il ne s'en apercevait pas. Enfin , le
sentiment de la douleur sembla se réveiller en
lui , et il courut de tous côtés pour voir s'il ne
rencontrerait pas quelques fruits dont il pourrait
prolonger l'existence de sa femme et de ses
misérables enfans ; mais, nu et sans armes,
que pouvait trouver Sosa dans un pays ravagé
par des barbares et brûlé par le soleil ? Il re-

venait souvent, accablé de fatigue sans que ses longues recherches eussent eu le moindre succès; et, à son dernier retour, il trouva sa femme et ses enfans morts de faim et de soif. Il eut le courage de leur donner la sépulture. Aussitôt, fuyant de ce lieu d'horreur, il s'enfonça dans ces déserts, où sans doute il mourut, car on n'en eut plus de nouvelles. S'il ne perdit pas la vie dans l'excès des besoins, on peut présumer qu'il fut dévoré par quelque bête féroce dans ce pays où elles sont très-abondantes.

Les déplorables restes de la troupe de Sosa, réduite à vingt-six hommes par les fatigues et les maux qu'ils souffrirent, furent long-temps errans, et enfin traités comme des esclaves. Ils auraient tous fini leurs jours dans cet état de souffrance et d'humiliation, si un marchand portugais qui était allé de Mozambique dans le pays des Cafres pour y acheter de l'ivoire, ne les eût délivrés moyennant une légère somme par tête. Sala fut du nombre de ceux qui eurent le bonheur de revoir leur patrie : il mourut d'apoplexie à Lisbonne, étant extrêmement âgé.

II. Le désastre de don Sosa excita une grande compassion parmi ses compatriotes, mais ne corrigea point leur imprudence. Dès l'année 1554, cinq vaisseaux sortirent du port Cochin pour le Portugal ; Fernand Alvare Capral les commandait. Un seul de ces vaisseaux ar riva à Lisbonne, après mille dangers. On n'a jamais su ce que devinrent les autres, excepté celui qu'on appelait le *Saint-Benoît*. Ce vaisseau était si chargé, que les matelots ne pouvaient presque pas travailler à la manœuvre. Une forte tempête l'accueillit au milieu de sa course et près du cap de Bonne-Espérance; un terrible coup de vent l'ayant jeté contre la terre, le brisa contre la côte aride qu'on appelle de Natal. Deux cents hommes voulant se sauver à la nage, périrent au milieu des flots. Mesquita Pérestrelle, qui survécut à ce désastre, et qui nous en a laissé une description fort exacte, exagère les frayeurs qu'éprouvèrent ses compatriotes, par ce qu'il raconte de l'apparition des démons en l'air, et le bruit des âmes errantes des matelots, qu'il assure avoir entendues et vues. Les malheureux, échappés du naufrage, éprouvèrent les mêmes disgrâces que la troupe de Sosa; car, ayant presque suivi leurs traces, ils souffrirent les plus grandes extrémités de la faim et de la soif. Enfin, de trois cents qu'ils étaient, ils furent réduits au nombre de vingt-trois hommes, qui, demi-morts de faiblesse et d'une excessive maigreur, furent faits esclaves. quelques mois après, des négocians, attirés par le commerce dans ce canton, les rachetèrent et les conduisirent à Sofala et à Mozambique, où ils arrivèrent après avoir supporté bien des fatigues.

III. Situation déplorable du vaisseau français *le Jacques*, à son retour du Brésil en France, causée par une famine extraordinaire, et le mauvais état de ce vaisseau, en 1558.

C'est avec raison qu'on a observé que de tous les fléaux qui peuvent assaillir les navigateurs en mer, l'un des plus terribles est la disette des vivres. Les relations des voyages nous en fournissent plusieurs exemples. Un des plus frappans se trouve dans l'histoire du retour du Brésil en France, du vaisseau français *le Jacques*. Jean de Léry en avait été témoin, et faillit en être une des victimes ; il rapporte ces événemens avec des circonstances qui font frémir.

En 1555, Nicolas Durand de Villegagnon, chevalier de Malte, et vice-amiral de Bretagne, livré aux opinions des nouveaux sectaires et aigri sans doute par quelques traverses dans l'exercice de son emploi, conçut le projet de former en Amérique une colonie de protestans. Ce chevalier était brave, entreprenant, et homme de tête. Ses desseins furent déguisés à la cour, sous la simple vue de faire un établissement français dans le Nouveau-Monde, à l'exemple des Portugais et Espagnols. Sous ce prétexte, il obtint de Henri II trois vaisseaux bien équipés, qu'il fit monter par des calvinistes déclarés ou secrets. Il appareilla du Hâvre-de-Grâce au mois de mai, et n'arriva au Brésil que dans le cours de novembre suivant.

Villegagnon étant entré dans une rivière, s'empara d'une petite île sur laquelle il bâtit un fort qu'il nomma le *fort de Coligny*. L'ouvrage était à peine commencé, qu'il renvoya ses vaisseaux en France, avec des lettres où il rendait compte de sa situation à la cour. Il en adressa aussi d'autres à quelques amis qu'il avait à Genève. Ces lettres produisirent l'effet qu'il en attendait. L'église de Genève saisit ardemment l'occasion de s'étendre dans un pays éloigné, où toutes les apparences lui promettaient, pour ses partisans, une liberté dont ils ne jouissaient point en France. Aussitôt qu'un habile marin, nommé Dupont, retiré à Genève depuis quelque temps, où il était fort considéré, se fut rendu aux vives sollicitations de Calvin, et eut consenti à diriger l'expédition du Brésil, la réputation de ce chef détermina beaucoup de particuliers de tous états à entreprendre un tel voyage. Jean de Léry, âgé de vingt-deux ans, fut du nombre des nouveaux Argonautes.

Le 7 de mars 1557, la flotte, au nombre de trois vaisseaux de guerre, entra dans l'embouchure de Rio-Janeiro. Les protestans n'y séjou nèrent pas long-temps , à cause du changeme de principes de Villegagnon, qui craignant u révolte de la part des calvinistes, lui fit prendi le parti de déclarer qu'il n'en voulait plus sou frir dans son fort, et les fit tous embarquer su *le Jacques*, chargé de bois de teinture, d poivre, de coton, de singes, de perroquets, d'autres productions du pays ; il mit à la voi pour retourner en France, le 4 janvier 1558 Tout l'équipage montait à quarante-cinq hom mes, matelots et passagers, sans y comprend le capitaine, et Martin Beaudoin, du Hâvre maître du vaisseau.

Léry va seul prendre la parole, et raconte une suite non interrompue de scènes les plu étranges.

« Nous avions, dit-il, à doubler de grande baies entremêlées de rochers qui s'étenden d'environ trente lieues. Le vent n'étant pas favo rable à nous faire quitter la terre sans la côto yer, nous fûmes d'abord tentés de rentrer dan l'embouchure du fleuve. Cependant, après avoi navigué sept ou huit jours, il arriva, pendan la nuit, que les matelots qui travaillaient à l pompe ne purent épuiser l'eau. Le contre-maître surpris d'un accident dont personne ne s'étai défié, descendit au fond du vaisseau, et l trouva non-seulement entr'ouvert en plusieur endroits, mais si plein d'eau, qu'on le sentait peu à peu enfoncer. Tout le monde ayant été réveillé, la consternation fut extrême. Il y avait tant d'apparence qu'on allait couler à fond, que la plupart, désespérant de leur salut, se préparèrent à la mort.

» Cependant, quelques uns, du nombre desquels j'étais, prirent la résolution d'employer tous les efforts, pour prolonger leur vie de quelques momens. Un travail infatigable nous fit soutenir le navire avec deux pompes jusqu'à midi, c'est-à-dire près de douze heures, pendant lesquelles l'eau continua d'entrer en si grande abondance, que nous ne pûmes diminuer sa hauteur. Cette eau, passant par les tas de bois de Brésil dont le vaisseau était chargé, sortait par les canaux, aussi rouge que du sang de bœuf. Le charpentier, aidé des matelots les plus intelligens, parvint enfin à découvrir, sous le tillac, les fentes et les trous les plus dangereux, et à les boucher avec du lard, du plomb et des draps.

» Dans ces circonstances, nous aperçûmes la terre, et le vent étant favorable pour y aborder,. nous prîmes tous la résolution de nous y réfugier; c'était aussi l'opinion du charpentier, qui avait reconnu dans ses recherches que le navire était tout rongé de vers. Mais le maître du bâ-

2

timent, craignant d'être abandonné de ses matelots, s'il touchait une fois au rivage, aima
mieux hasarder sa vie et celle de ses compagnons que ses marchandises, et déclara qu'il
était résolu de continuer sa route. Cependant il
offrit aux passagers une barque pour retourner
au Brésil, à quoi Dupont, que nous n'avions
pas cessé de reconnaître pour chef, répondit
qu'il voulait aussi tirer vers la France, et qu'il
conseillait à tous ses gens de le suivre. Là-dessus,
le contre-maître observa qu'outre les dangers
de la navigation, il prévoyait qu'on serait
long-temps sur mer, et que le vaisseau n'était
point assez fourni de vivres. Nous fûmes six à
qui la double crainte de la famine et du naufrage fit prendre le parti de regaguer la terre,
dont nous n'étions éloignés que de neuf à dix
lieues. On nous donna la barque, que nous
chargeâmes de tout ce qui nous appartenait,
avec un peu de farine et d'eau. Tandis que
nous prenions congé de nos amis, un d'entre
eux qui avait une singulière affection pour moi,
me dit en tendant la main vers la barque où
j'étais déjà : « Mon cher Léry, je vous conjure
de demeurer avec nous. Considérez que si nous
ne pouvons arriver en France, il y a plus d'espérance de nous sauver, soit du côté du Pérou,
soit dans une île, que sous le pouvoir de Villegagnon, de qui nous ne devons jamais espérer

aucune faveur. » Ces instances firent tant d'impression sur moi, que les circonstances ne me permettant plus de longs discours, j'abandonnai une partie de mon bagage dans la barque, et me hâtai de remonter à bord. Les cinq qui restèrent prirent congé de nous les larmes aux yeux, et retournèrent au Brésil. Je dus des remercîmens au ciel pour m'avoir inspiré de suivre le conseil de mon ami. Nos cinq déserteurs étant arrivés à terre avec beaucoup de difficultés, Villegagnon les reçut si mal qu'il en fit pendre trois.

» Notre vaisseau remit à la voile comme un vrai cercueil, dans lequel ceux qui s'y trouvaient renfermés s'attendaient moins à vivre jusqu'en France, qu'à se voir bientôt ensevelis au fond des flots. Outre la difficulté qu'il eut d'abord de passer les basses, il essuya de continuelles tempêtes pendant tout le mois de janvier, et ne cessant point de faire beaucoup d'eau, il serait péri cent fois dans un jour, si tout le monde n'eût travaillé sans cesse aux deux pompes.

» Nous nous éloignâmes ainsi du Brésil d'environ deux cents lieues, jusqu'à la vue d'une île inhabitée, aussi ronde qu'une tour qui n'a pas plus d'une demi-lieue de circuit. En la rasant de fort près, à gauche, nous la trouvâmes garnie d'arbres couverts d'une belle verdure, d'un prodigieux nombre d'oiseaux, dont plusieurs sortirent de leurs retraites, pour se venir percher sur les mâts et les vergues de notre navire, où ils se laissaient prendre à la main. Nous aperçûmes des rochers forts pointus, peu élevés » qui nous firent craindre d'en trouver d'autres à fleur d'eau ; dernier malheur qui nous aurait sans doute exemptés pour jamais du travail des pompes : nous en sortîmes heureusement.

» On se trouva le 3 février à trois degrés de la ligne ; c'est-à-dire, que depuis près de sept semaines, on n'avait pas fait la troisième partie de la route. Comme les vivres diminuaient beaucoup, on proposa de relâcher au cap de Saint-Roch, où quelques vieux matelots assuraient qu'on pouvait se procurer des rafraîchissemens ; mais la plupart se déclarèrent pour le parti de manger les perroquets et les singes que nous apportions en grand nombre en France. Quelques jours après, le pilote ayant pris hauteur, déclara qu'on se trouvait droit sur la ligne, le même jour où le soleil y était, c'est-à-dire l'onzième de mars ; singularité si remarquable suivant Léry, qu'il ne peut croire qu'elle soit arrivée à beaucoup d'autres vaisseaux.

» Nos malheurs, continue-t-il, commencèrent par une querelle entre le contre-maître et le pilote, qui, pour se chagriner mutuellement, affectaient de négliger leurs fonctions. Le 26 mars, tandis que le pilote faisait son quart, toutes nos voiles hautes déployées, un impétueux tourbillon frappa si rudement le vaisseau, qu'il le renversa sur la côte, jusqu'à faire plonger les hunes et le haut des mâts. Les câbles, les cages d'oiseaux, et tous les coffres qui n'étaient pas bien amarrés, furent renversés dans les flots, et peu s'en fallut que le dessus du bâtiment ne prit la place du dessous. Cependant la diligence qui fut apportée à couper les cordages, servit à le redresser par degrés ; le danger, quoique extrême. eut si peu d'effet pour la réconciliation des deux ennemis, qu'un moment après qu'il fut passé, et malgré les efforts qu'on fit pour les apaiser, ils se jetèrent l'un sur l'autre, et se battirent avec une égale fureur.

» Ce n'était que le commencement d'une affreuse suite d'infortunes. Peu de jours après, dans une mer calme, le charpentier et d'autres artisans, cherchant le moyen de soulager ceux qui travaillaient aux pompes, remuèrent si malheureusement quelques pièces de bois au fond du vaisseau, qu'il s'en leva une assez grande par où l'eau entra tout à coup avec tant d'impétuosité, que ces misérables ouvriers, forcés de remonter au plus vite sur le tillac, manquèrent d'haleine pour expliquer le danger, et se mirent à crier d'une voix lamentable. Nous sommes perdus ! Sur quoi le capitaine,

maître et pilote, ne doutant point de la grandeur du péril, ne pensèrent qu'à mettre la
barque dehors en toute diligence. Le pilote,
craignant qu'elle ne fut trop chargée par la
quantité de ceux qui voulaient s'y placer, y
entra armé d'un grand coutelas, et déclara
qu'il couperait les bras au premier qui ferait
mine d'y entrer. Nous voyant délaissés à la
merci de la mer, et nous ressouvenant du premier naufrage dont Dieu nous avait délivrés,
autant résolus à la mort qu'à la vie, nous allâmes nous employer de toutes nos forces à tirer
l'eau par les pompes, pour empêcher le navire
de couler à fond : nous fîmes tant d'efforts
qu'elle ne nous surmonta point.

» Mais le plus heureux effet de notre résolution fut de nous faire entendre la voix du
charpentier, qui, étant un jeune homme de
cœur, n'avait pas abandonné le fond du navire
comme les autres ; au contraire, ayant mis son
caban ou sa capote sur la grande ouverture
qui s'y était faite, et se tenant à deux pieds
dessus pour résister à l'eau, laquelle, comme
il nous le dit depuis, de sa violence le souleva
plusieurs fois, criait en cet état et de toutes
ses forces, qu'on lui apportât des hardes, des
lits et autres choses pour empêcher l'eau d'entrer pendant qu'il boucherait cette terrible voie
d'eau ; il ne faut pas demander s'il fut servi

promptement. Par ce moyen nous fûmes préservés du danger imminent qui nous menaçait.

» On continua de gouverner tantôt à l'est, tantôt à l'ouest; quoique ce ne fut pas notre chemin; car notre pilote, qui n'entendait pas bien son métier, ne sut plus observer sa route, et nous allâmes ainsi, dans l'incertitude, jusqu'au tropique du cancer, où nous fûmes pendant quinze jours dans une mer herbue. Les herbes qui flottaient sur l'eau étaient si épaisses et si serrées, qu'il fallut les couper avec des cognées pour ouvrir le passage au vaisseau. Un autre accident faillit à nous perdre. Notre canonnier, faisant sécher de la poudre dans un pot de fer, le laissa si longtemps sur le feu, qu'il rougit, et la flamme, ayant pris à la poudre, donna si rapidement d'un bout à l'autre du navire, qu'elle mit le feu aux voiles et aux cordages : il s'en fallut peu qu'elle ne s'attachât même aux bois, qui, étant goudronné, n'aurait pas manqué de s'allumer promptement, et de nous brûler vifs au milieu des eaux. Nous eûmes quatre hommes maltraités par le feu dont l'un mourut peu de jours après.

» Nous étions au 15 avril; il nous restait environ cinq cents lieues jusqu'aux côtes de France. Nos vivres étaient si diminués, malgré le retranchement qu'on avait déjà fait sur

les rations, qu'on prit le parti de nous en re-
trancher la moitié; et cette rigueur n'empêcha
point que, vers la fin du mois, toutes les provisions ne fussent épuisées. Notre malheur vint
de l'ignorance de notre pilote, qui se croyait
proche du cap Finistère en Espagne, tandis
que nous étions encore à la hauteur des îles
Açores, qui en sont à plus de trois cents lieues.
Une si cruelle erreur nous réduisit tout d'un
coup à la dernière ressource, qui consiste à
balayer la salle ou chambre où l'on tient le
biscuit. On y trouva plus de vers et de crottes
de rats que de miettes de pains Cependant on
en fit le partage avec des cuillères, pour en
faire une bouillie noire et dégoûtante; mais
tout passe dans la famine. Ceux qui avaient
encore des perroquets (car depuis long-temps
plusieurs avaient mangé les leurs), les firent
servir de nourriture dès le commencement du
mois de mai, que tous les vivres ordinaires
vinrent à nous manquer.

» L'horreur d'une telle situation fut aug-
mentée par une mer si violente, que, faute
d'art ou de force pour ménager les voiles, on
se vit dans la nécessité de les plier et de lier
même le gouvernail; ainsi, le vaisseau fut
abandonné au gré des vents et des flots; le gros
temps même était l'unique espérance dont nous

pussions nous flatter ; alors nous avions l'espoir de prendre quelques poissons.

» Aussi tout notre monde était-il d'une faiblesse et d'une maigreur extrême ; cependant la nécessité nous faisait songer sans cesse au moyen d'apaiser notre faim. Quelques-uns, s'avisèrent de couper des pièces de cuir et de les faire fricasser : ce mets ne nous parut point mauvais, ainsi que les fritures de nos souliers, découpés par bandes. Mais notre faiblesse, et notre faim toujours renaissante, ne nous empêchaient pas, sous peine de couler à fond, de nous relever alternativement pour travailler à la pompe.

» Environ le **12** de mai, notre canonnier mourut de faim. Nous fûmes peu touchés de cette perte ; car, loin de penser à nous défendre si l'on nous eût attaqués, nous eussions plutôt souhaité d'être pris par quelque pirate qui nous eût donné à manger. Mais nous ne vîmes, à notre retour, qu'un seul vaisseau, dont il nous fut impossible d'approcher.

» Après avoir dévoré tous les cuirs du vaisseau, jusqu'au couvercle des coffres, nous pensions toucher au dernier moment de notre vie ; mais la nécessité fit penser à quelqu'un de faire la chasse aux rats et aux souris ; et nous espérâmes de les perdre d'autant plus facilement, que ces petits animaux n'ayant plus de miettes et autres choses à manger, couraient en grand

2..

nombre, mourant de faim dans le vaisseau. On les poursuivit avec tant de soin et de piéges, qu'il en demeura fort peu. La nuit même nous les cherchions à l'exemple des chats, qui depuis long-temps n'existaient plus parmi nous. Un rat était plus estimé qu'un bœuf sur terre ; le prix en monta jusqu'à quatre écus. On les fit bouillir dans l'eau avec tous leurs intestins, qu'on dévorait comme le corps ; les pattes n'étaient pas exceptées ni les autres os, qu'on trouvait le moyen d'amollir.

» L'eau douce nous manqua aussi ; il ne resta pour tout breuvage qu'un petit tonneau de cidre, que le capitaine et les maîtres d'équipage ménageaient avec le plus grand soin. S'il tombait de la pluie, on étendait des draps avec un boulet, au milieu, pour la faire distiller. On retenait jusqu'à celle qui s'écoulait par les égoûts du vaisseau, quoique plus trouble que celle des rues. On lit dans Jean de Léon, que les marchands qui traversent les déserts d'Afrique, se trouvant réduits à la même disette que nous, n'ont qu'un seul moyen de résister à la soif, c'est de tuer un de leurs chameaux, et de recueillir l'eau rassemblée dans son estomac : ils la partagent entre eux. Ce qu'il dit ensuite d'un riche négociant, qui, traversant un de ces déserts, et pressé d'une soif extrême, acheta une tasse d'eau d'un chamelier qui était avec lui, la somme de dix mille ducats, montre combien la soif est un besoin impérieux. — Cependant, ajoute le même historien, et le marchand, et celui qui lui avait vendu si cher un verre d'eau, moururent également de soif; et l'on voit encore leur sépulture dans un désert, où le récit de leur triste aventure est gravé sur une grosse pierre.

» Pour nous, l'extrémité fut telle, qu'il ne nous resta plus que du bois de Brésil, plus sec que tout autre bois, que plusieurs, néanmoins, dans leur désespoir, grugeaient entre leurs dents. Dupond, notre conducteur, en tenant un jour un morceau dans la bouche, me dit avec un grand soupir : « Hélas! Léry, mon ami, il m'est dû en France une somme de quatre mille francs, dont plût à Dieu qu'ayant fait une bonne quittance, je tinsse maintenant un pain de quatre livres et quelques verres de vin. »

» L'horrible situation où nous étions plongé influe singulièrement sur le caractère, et rend cruelles les personnes les plus douces, ainsi que nos lecteurs doivent s'en douter. N'est-il pas des mères qui, dans un siége, ont mangé leurs propres enfans? Des soldats réduits à la même extrémité se jetèrent sur les corps de leurs ennemis, et ont fait depuis l'aveu que si leur situation eût continué, ils étaient résolus de se jeter sur leurs camarades.

» Enfin, Dieu, daignant venir à notre secours et nous conduire, fit la grâce à tant de
misérables étendus presque sans mouvement
sur le tillac, d'arriver, le 24 de mai 1558, à
la vue des terres de Bretagne. Nous avions été
trompés tant de fois par le pilote, qu'à peine
pûmes nous prendre confiance en ceux qui nous
annoncèrent notre bonheur. Cependant nous
fûmes bientôt certains que nous avions notre
patrie devant les yeux. Après que nous eûmes
remercié le ciel, le maître du navire nous avoua
publiquement que si notre situation eût seulement duré un jour de plus, il avait pris la résolution, non pas de nous faire tirer au sort,
comme il arriva quatre ou cinq ans après dans
un navire qui revenait de la Floride, où la famine fit tuer un malheureux de l'équipage,
mais, sans avertir personne, d'égorger un d'entre nous pour le faire servir de nourriture aux
autres. Nous nous traînâmes à Nantes, où nous
eûmes beaucoup de peine à arriver. »

Léry ne nous apprend point quelle fut sa
retraite en sortant de cette ville. D'autres circonstances ont pu faire juger qu'il prit le parti
de retourner à Genève. Mais il ne laisse point
sans éclaircissemens la suite de ce qu'il a déjà
dit de l'établissement des Français au fort Coligny. Villegagnon, surnommé justement, dit-il,
le Caïn de l'Amérique, abandonna cette place,

et, par sa faute, elle tomba ensuite avec l'artillerie marquée aux armes de France, au pouvoir des Portugais. Il revint en France, où il ne
cessa point de faire la guerre aux sectateurs de
Calvin, mourut au mois de décembre 1571,
dans une commanderie de l'ordre de Malte, en
Gatinois, près de Saint-Jean-de-Nemours.

IV. Le vaisseau Portugais le *Saint-Jacques*, monté par l'amiral Fernando Mendoza, brisé sur les écueils appelés *Baixos de Juidas*, à soixante-dix lieues des côtes orientales de l'Afrique, en 1586.

Les Portugais soutenaient encore, vers la fin du seizième siècle, la réputation qu'ils s'étaient acquise dans les Indes par leurs conquêtes et un courage à toute épreuve. Leur prospérité était cependant interrompue par des revers et des infortunes, que l'on attribua quelquefois à l'opiniâtreté ou à l'ignorance des capitaines de vaisseau de cette nation.

Au mois de mai 1586, on reçut à Goa la confirmation de la nouvelle du naufrage du vaisseau amiral *le Saint-Jacques*. Le détail portait qu'après avoir doublé le cap de Bonne-Espérance, le capitaine, estimant n'avoir rien à craindre, ni écueils ni dangers, laissait voguer le vaisseau à pleines voiles sans observer sa carte, ou du moins sans y apporter une grande attention. Le vent favorable lui fit faire en peu de temps beaucoup de chemin, et le poussa hors de sa route vers les rochers ou écueils appelés *Baixos de Juida*, distans de cinquante lieues de l'île de Saint-Laurent ou Madagascar, et de soixante-dix de la côte de Terre-Ferme, vis-à-vis de Sofala, à quatre-vingt-dix lieues de Mozambique. Ces rochers sont la plupart de pierre aiguë, noire, verte et blanche.

Le voisinage de ces écueils et le risque de s'y briser, firent ouvrir les yeux à quelques-uns des passagers qui avaient voyagé plusieurs fois dans ces mers. Ils remontrèrent au capitaine qu'ils étaient au milieu des écueils, et qu'il était dangereux de laisser aller le vaisseau avec toutes ses voiles, surtout pendant la nuit, et dans une saison où les tempêtes étaient très-fréquentes. Le capitaine, opiniâtre, méprisa ces représentations, et, usant de son autorité, il ordonna aux pilotes de faire ce qu'il leur commandait; que l'ordre du roi portait qu'on eût à lui obéir, et que son avis devait prévaloir. Enfin, le même jour, entre onze heures et minuit, le vaisseau fut jeté vers ces écueils, et y fut arrêté sans pouvoir être dégagé. Alors on entendit de toutes parts les cris plaintifs et confus d'une multitude composée de cinq cents hommes et quelques moines ou jésuites, et de trente femmes qui, ne voyant que la mort devant les yeux, se lamentaient d'une manière déchirante. La manœuvre et tous les efforts furent inutiles. L'amiral Fernando Mendoza, le capitaine et le premier pilote, avec dix ou douze autres personnes, se jetèrent aussitôt dans l'esquif, l'épée à la main, en s'écriant qu'ils allaient chercher sur les écueils un endroit propre à recevoir les naufragés et les débris du navire, qu'ensuite on construirait un bateau suffisant pour contenir tout l'équipage, et gagner la terre ferme. Ces quinze échappés abordèrent effectivement; mais après avoir cherché en vain un endroit convenable pour l'exécution de ce projet, ils ne jugèrent point à propos de retourner au navire, ni de naviguer vers le continent. Quelques vivres qui avaient été jetés à la hâte dans l'esquif, furent distribués entre eux; ils dirigèrent leur route vers l'Afrique, et y touchèrent heureusement au bout de dix-sept jours, après avoir éprouvé toutes les horreurs de la disette et d'une tempête affreuse.

Ceux qui étaient restés sur le vaisseau, ne voyant point revenir l'esquif, commencèrent à désespérer de leur salut. Pour comble de malheur, le vaisseau se fracassa entre les deux tillacs, et le grand esquif fut fort endommagé par les chocs redoublés que lui occasionait la violence des vagues. Les ouvriers, quoique très-experts, désespéraient de pouvoir le mettre en état de servir, lorsqu'un italien, nommé Cipriano Grimaldi, sauta dedans avec quatre-vingt-dix hommes de l'équipage, et se fit fort de le radoubler de façon à tenir la mer ; il mit aussitôt la main à l'œuvre, secondé par la plupart de ceux qui l'avaient suivi.

Les malheureux qui n'avaient pu se jeter dans l'esquif, le voyaient s'éloigner avec larmes et gémissemens ; plusieurs, qui savaient nager, se lancèrent à la mer pour le gagner à la nage. Déjà quelques-uns s'y accrochaient pour y entrer, lorsque les premiers, craignant de le voir couler à fond par le nombre de ceux qui se présentaient, les repoussèrent dans les flots, et de leurs sabres et haches coupaient sans pitié les mains de ceux qui ne voulaient pas lâcher prise. On ne peut exprimer la désolation de ceux qui étaient restés sur les débris flottans ; témoins de cette scène barbare et se voyant sans ressource, leurs cris et leurs lamentations auraient touché le cœur des plus insensibles. La condition de ceux qui étaient dans l'esquif n'était pas meilleure : leur grand nombre, la disette des vivres, l'éloignement de la terre ferme, et le mauvais état du frêle bâtiment qui les contenait, leur faisaient entrevoir l'avenir le plus triste. Cependant quelques-uns des plus résolus, pour éviter le trouble et la division qui auraient mis le comble à leurs maux, ouvrirent l'avis de se soumettre à un capitaine. Tous les autres y consentirent, et élurent aussitôt, pour les commander avec un pouvoir absolu, un noble métis

des Indes. Celui-ci usa tyranniquement, dès
l'instant, de son autorité ; il fit jeter à la mer
les plus faibles, qu'il se contentait de désigner
du doigt. Dans le nombre se trouva un charpentier qui avait aidé à radouber l'esquif : il ne
demanda pour toute grâce, qu'un peu de vin
et de confitures, et se laissa jeter à la mer sans
proférer un seul mot. Un autre proscrit fut
sauvé par un trait rare de l'amitié fraternelle.
Déjà on se saisissait de sa personne pour lui
faire subir son malheureux sort, lorsque son
frère, plus jeune que lui, demanda un sursis.
Il observa que son frère était habile dans sa
profession, que son père et sa mère étaient très-
âgés, et que ses sœurs n'étaient pas établies; que
lui, qu'ils préféraient, ne pouvait pas leur être
utile comme son frère, et que, puisque la circonstance exigeait qu'un des deux fût victime,
il se dévouait à la mort. Sa demande lui fut
accordée; mais la Providence vint à son secours.
Ce jeune homme courageux suivit constamment
l'esquif pendant plus de six heures, faisant continuellement des efforts pour l'aborder tantôt
d'un côté tantôt de l'autre; ceux qui l'avaient
jeté à la mer lui présentaient la pointe de leurs
épées pour l'éloigner. Mais ce qui devait accé-
lérer sa perte fut son salut; ce jeune homme
s'élance sur une épée, la saisit par le taillant,
sans céder à la douleur, ni aux mouvemens

qu'on faisait pour la lui faire abandonner. Les autres admirèrent sa résolution, et touchés de ce que l'amour fraternel lui avait fait faire, ils résolurent, d'un commun accord, de le laisser rentrer dans l'esquif.

Enfin, après avoir essuyé la faim, la soif, et tous les dangers de plusieurs tempêtes, ils abordèrent à la côte d'Afrique, le vingtième jours de leur naufrage, et se réunirent à ceux échappés par le premier esquif.

Le reste de l'équipage et des passagers abandonnés sur les débris du vaisseau, tenta de gagner aussi la terre ferme : ils rassemblèrent et joignirent ensemble les fragmens de cette carcasse délabrée ; ils en formèrent une espèce de radeau, que les Portugais nomment *jugadas* ; mais ils travaillèrent en vain. Ils périrent tous à la première tourmente, à l'exception de deux qui parvinrent à terre. Ceux qui avaient gagné les côtes d'Afrique ne se virent point à la fin de leurs malheurs : à peine étaient-ils débarqués qu'ils tombèrent entre les mains des Cafres, nation farouche et sans humanité, qui les dépouilla et les laissa dans l'état le plus déplorable. Cependant ayant ranimé leur courage et le peu de force qui leur restait, ils arrivèrent au lieu où le facteur des Portugais de Sofala et de Mozambique faisait sa résidence. Ils en furent accueillis très-humainement. Après s'y être reposés quelques jours de leurs fatigues, ils gagnèrent Mozambique et ensuite les Indes. Soixante seulement échappèrent de tous ceux qui s'étaient embarqués sur *le Saint-Jacques*; les autres périrent en mer, ou de fatigue, ou de faim. Ainsi, l'imprudence d'un seul homme fut la cause de la perte d'un vaisseau considérable et de plus de quatre cent cinquante personnes.

A son retour en Europe, les plaintes des veuves et des orphelins éclatèrent contre lui : il fut arrêté et mis en prison ; mais il fut relâché quelque temps après. Ce funeste événement ne servit point de leçon à cet homme suffisant et opiniâtre ; son caractère était indomptable. Il entreprit de conduire un autre vaisseau, en **1588**; et peu s'en fallut que, sous le même degré, il n'essuyât un pareil naufrage : heureusement qu'au lever du soleil il découvrit les écueils dans lesquels il allait s'engager aussi imprudemment que la première fois. Mais, à son retour des Indes en Portugal, en doublant le cap de Bonne-Espérance, il périt avec le vaisseau qu'il montait : juste châtiment de son amour-propre et de son imprudence ! Malheureusement une centaine d'hommes innocens furent enveloppés dans son désastre.

V. Naufrage du vaisseau anglais *l'Ascension*, sur la côte de Cambaie, dans la mer des Indes.

Le 29 août 1609, le vaisseau anglais *l'Ascension* faisait voile, par un vent favorable, pour Cambaie, à la sortie du canal de Moa, dans la mer des Indes. Le vaisseau, qui portait sur plus de vingt-cinq brasses, se trouva d'un coup sur dix, sur sept, et enfin, à l'entrée de la nuit, sur cinq. Quelques matelots effrayés demandèrent au pilote à quoi il pensait; celui-ci demanda fièrement qui osait dire que le bâtiment fût en danger. A peine eut-il fait cet arrogante réponse, que le vaisseau toucha si violemment que le gouvernail se brisa et fut emporté. On jeta l'ancre aussitôt; et, pendant deux jours, on fit les plus exactes perquisitions pour découvrir le dommage et pour y remédier.

Un témoin oculaire de ce fâcheux événement assure qu'il doit être attribué à la méchanceté du pilote, qui croyait avoir vivement à se plaindre de tout l'équipage de *l'Ascension*.

Tandis qu'on s'occupait à y remédier, non seulement le vaisseau toucha encore avec violence, mais on s'aperçut sensiblement qu'il commençait à s'enfoncer. Il était six heures du soir, le 2 septembre : bientôt l'eau gagna de toutes parts, sans qu'on pût découvrir qu'elles étaient les plus dangereuses voies. Le travail des pompes, depuis sept heures jusqu'à onze heures, ne servit pas même à diminuer le péril. Enfin le capitaine, nommé Sharpey, ne concevant plus d'espérance, exhorta tout l'équipage à s'entre-secourir dans l'usage qu'il restait à faire de la chaloupe et de l'esquif. On avait eu soin de placer sur le tillac environ dix mille livres sterling qui appartenaient aux Marchands et à la Compagnie des Indes. Le capitaine déclara que chacun pouvait en prendre ce qu'il se croyait capable de porter. On en prit à peu près trois mille, les uns se hâtant d'abord de remplir leurs poches, et rejetant ensuite un poids qui surpassait leurs forces ; les autres, se contentant d'une modique somme, dans la pensée qu'ils pourraient être obligés de se sauver à la nage ; d'autres enfin, négligeant tout à fait des richesses qui ne leurs paraissaient d'aucune utilité lorsqu'ils avaient la mort devant les yeux. Ils abandonnèrent ainsi le navire, sans emporter même aucun aliment. Ce triste départ s'effectua vers minuit. Tout l'équipage trouva place dans la chaloupe ou dans l'esquif.

« Ainsi, dit un historien, la témérité et la
» vengeance d'un seul homme (le pilote) firent
» perdre à la Compagnie des Indes un de ses
» meilleurs vaisseaux, et aux matelots toute
» leur espérance. Les marchandises et la plus
» grande partie de l'argent qui étaient à bord
» furent abandonnés avec le bâtiment. »

La côte était éloignée de près de vingt lieues
à l'est ; on vogua tout le reste de la nuit et le
jour suivant sans avoir la moindre provision de
vivres pour se soutenir. Enfin, vers les six heures du soir, on aborda une petite île, à l'entrée de la baie qu'on s'efforçait de gagner. Les
Anglais se croyaient hors de tout péril, lorsqu'un
coup de vent brisa tout d'un coup le mât de la
chaloupe, qui contenait cinquante-cinq hommes.
Cependant ils trouvèrent le moyen d'entrer dans
la baie ; et le vent s'étant affaibli, ils gagnèrent
heureusement l'embouchure de la rivière. Ils
s'étaient persuadés que c'était celle de Surate ;
mais on reconnut que c'était celle de Gandevi,
qui en était éloignée de cinq à six lieues vers
le sud. Ce qui fut regardé d'abord comme un
nouveau sujet d'affliction, passa bientôt pour
une faveur du ciel ; car les Portugais, avec
qui la Grande-Bretagne était en guerre, informés de l'approche du vaisseau, étaient à l'attendre avec cinq frégates, à l'entrée de la

rivière de Surate : la chaloupe aurait été infailliblement leur proie.

Les habitans de la côte de Gandevi, voyant
paraître tant d'étrangers à l'embouchure de
leur rivière, battirent le tambour et se mirent
sous les armes pour leur défense. Ils craignirent
que ce ne fut un détachement de quelque flotte
portugaise qui venait piller leur ville. Sharpey
soupçonna l'erreur où ils étaient. Il avait avec
lui un Guzaratte, qu'il leur envoya pour les informer de sa disgrâce et de la nécessité où il
était d'implorer leur secours. Ce récit parut les
toucher : ils approchèrent des Anglais, et leur
accordèrent abondamment tout ce dont ils pouvaient avoir besoin dans leur infortune ; ensuite
ils les conduisirent à Gandevi, où le gouverneur, qui était de la caste des Banians, les
reçut avec beaucoup d'humanité, et leur offrit
même un établissement dans le canton.

Les Anglais restèrent quelques jours dans
cette ville, et ensuite se rendirent à Surate,
d'où le capitaine ou amiral Sharpey revint en
Angleterre, et ne débarqua à Douvres que le
13 octobre 1615.

OOO

VI. Incendie du vaisseau hollandais *la Nouvelle-Hoorn*, près le détroit de la Sonde, dans la mer des Indes orientales, et aventures de BENTÉKOÉ, en 1619.

Dans la vérité des relations qui forment les recueils de voyages, il en est peu d'aussi intéressantes que celles du voyage de Bentékoé, par l'intelligence et la fermeté qu'il a fait paraître dans les divers événemens de sa bonne et mauvaise fortune, et le caractère de vérité qui éclate dans tout son récit.

Guillaume-Imbrantz Bentékoé, nommé en 1618, par la compagnie hollandaise des Indes orientales, capitaine du vaisseau la *Nouvelle-Hoorn*, fut envoyé aux Indes pour les intérêts du commerce ; son navire était monté de deux cent six hommes d'équipage, et du port de onze cents tonneaux.

Bentékoé partit du Texel le 28 décembre, et dès le 5 janvier, après avoir doublé la pointe d'Angleterre, son vaisseau essuya trois furieux coups de vent qui couvrirent d'eau la moitié du haut pont. L'équipage en eut tant d'effroi, qu'on entendit crier de toutes parts : Nous allons couler bas ! La tempête fut si violente, les éclairs si fréquens et la pluie si prodigieuse

3

qu'il semblait que la mer se fût élevée au-dessus de l'atmosphère. Bentékoé, toujours actif, surtout dans le danger, ordonna de puiser l'eau avec les seaux de cuir : tout l'équipage y fut employé ; mais les ponts se trouvaient si embarrassés par les coffres, que, dans le roulis continuel du vaisseau qui les faisait heurter l'un contre l'autre, on ne trouvait pas de place pour le travail. Il fallut mettre en pièces ceux qui apportaient le plus d'obstacles aux ouvriers. On se vit enfin délivré du danger : mais le gros temps dura jusqu'au 19, et ce ne fut que le 20 qu'on profita du calme pour se remettre en état de continuer le voyage.

La *Nouvelle-Hoorn* éprouva des calmes fort inquiétans, qui l'arrêtèrent trois semaines entières. Aux approches du cap de Bonne-Espérance, le vent de l'ouest était si fort, qu'on prit le parti de faire petites voiles sans oser approcher de la côte : la crainte de voir briser son vaisseau détermina Bentékoé à prendre cette précaution. Enfin il passa heureusement ce redoutable cap sans s'y arrêter, et l'on rangea la terre de Natal avec un fort beau temps. On était à la fin du mois de mai ; cinq mois étaient déjà écoulés depuis qu'on avait quitté la Hollande.

Les maladies avaient commencé à se répandre à bord, elles augmentèrent si rapidement, qu'il y avait quarante hommes hors de

service. La plupart des autres étaient presque
en aussi mauvais état. On tourna vers Madagascar pour se rendre à la baie de Saint-Louis;
mais on ne put trouver de mouillage où le vaisseau fût en sûreté. Bentékoé fit mettre la chaloupe en mer, et y entra lui-même, pendant
que le vaisseau faisait petites bordées pour se
maintenir. La mer bisait si fort contre le rivage,
qu'il était impossible d'en approcher. Cependant
on vit paraître des insulaires, et un matelot de
la chaloupe se mit à la nage pour aller leur
parler. Ils faisaient des signes de la main, et
semblaient marquer un lieu propre au débarquement; mais comme on n'était pas sûr de comprendre leurs signes, et qu'ils n'offraient aucun
rafraîchissement, il fallut retourner à bord,
après une fatigue inutile. Les malades qui virent
revenir Bentékoé les mains vides et furent consternés. On remit à la voile vers le sud jusqu'à la
hauteur de vingt-neuf degrés, où changeant de bord
on résolut d'aller relâcher à l'île Maurice ou à
l'île Mascarenhas. En effet, ayant gouverné pour
passer entre ces deux îles, qui ne sont pas
éloignées l'une de l'autre, la *Nouvelle-Hoorn*,
aborda au cap de Mascarenhas; on trouva quarante brasses de profondeur proche de la terre.
Quoique ce lieu ne parût pas bien sûr parce
qu'on était trop près du rivage, on ne laissa pas
d'y mouiller. Tous les malades soupiraient après

la terre : mais les brisans ne leur permettaient pas de s'y transporter. La chaloupe y fut envoyée pour visiter l'île ; on y trouva une multitude de tortues. L'empressement des malades en redoubla : ils se promettaient d'être à demi-guéris aussitôt qu'ils seraient descendus

Le marchand du vaisseau, qui se nommait Hein-Rol, s'opposait à leur descente, sous prétexte que le vaisseau pouvait dériver, et qu'on courait risque de perdre ceux qui seraient à terre. Les malades, au nombre de quarante, insistaient néanmoins, les mains jointes et avec de si vives instances, que Bentékoé en fut touché. Après avoir vainement prié Rol d'y consentir, il se chargea de l'événement ; et, passant sur le pont, il cria joyeusement qu'il allait mettre tout le monde à terre. Cette promesse fut reçue avec des transports de joie. Les matelots qui étaient en santé aidèrent aux malades à descendre dans la chaloupe; Bentékoé leur donna une voile pour se dresser une tente, avec des provisions, des ustensiles et un cuisinier : il descendit lui-même pour leur servir de guide.

Les malades furent parfaitement rétablis dans l'espace de vingt jours. On leva l'ancre dans le dessein de relâcher à l'île Maurice ; mais le vaisseau étant descendu trop bas, on manqua l'atterrage. On prit alors la résolution de porter droit sur l'île Sainte-Marie. On y arriva du côté oriental, sur huit brasses d'eau où l'on voit clairement le fond, et l'on mouilla dans l'enfoncement de la côte, sur un fond de treize brasses. Les insulaires, quoique moins accoutumés à la vue des Européens que ceux de Madagascar, apportèrent à bord des poules, des limons, avec un peu de riz, et firent comprendre, par leurs signes qu'ils avaient des vaches, des brebis et d'autres provisions. On descendait chaque jour à terre pour faire des échanges avec eux.

Pendant neuf jours que la *Nouvelle-Hoorn*, passa dans cette rade, l'équipage reprit toute la vigueur qu'il avait en quittant la Hollande. Le vaisseau avait été nettoyé jusqu'à la quille, et réparé si soigneusement, que, s'il restait quelque défiance aux Hollandais, ce ne pouvait être du côté de leur bâtiment. Ils remirent à la voile vers le sud, et changèrent de bord pour porter à l'est vers le détroit de la Sonde. Le 19 de novembre 1619, ils se voyaient à la hauteur de ce détroit, lorsque Bentékoé, qui était sur le haut pont, entendit crier : *Au feu ! Au feu !* il se hâte de descendre au fond de cale, où il ne vit aucune apparence de feu. Il demanda où l'on croyait qu'il eût pris : Capitaine, lui dit-on, c'est dans ce tonneau. Il y porta la main sans y rien sentir de brûlant. Sa terreur ne l'empêcha pas de se faire expliquer la cause d'une si vive alarme. On lui raconta que le maître-valet étant descendu l'après-midi, suivant l'usage, pour tirer l'eau-de-vie qui devait être distribuée le lendemain à l'équipage, avait attaché son chandelier de fer à la futaille d'un baril qui était placé un rang plus haut que celui qu'il devait percer, une étincelle, ou plutôt une petite partie de la mèche ardente, était tombée directement dans le trou du bondon; le feu avait pris à l'eau-de-vie du tonneau, et les deux fonds ayant aussitôt sauté, l'eau-de-vie enflammée avait coulé jusqu'au charbon de forge. Cependant on avait jeté quelques cruches d'eau sur le feu, ce qui le faisait paraître éteint. Ben-tékoé, un peu rassuré par ce récit, fit verser de l'eau à pleins seaux sur le charbon; et, n'apercevant aucune trace de feu, il remonta tranquillement sur le pont; mais les suites de cet événement devinrent bientôt terribles, ainsi qu'on en va juger par le récit de Bentékoé lui-même.

» Une demi-heure après, dit ce capitaine, quelques-uns de nos gens recommencèrent à crier au feu. J'en fus fort épouvanté; et, descendant aussitôt, je vis la flamme qui montait de l'endroit le plus creux du fond de cale. L'embrasement était dans le charbon où l'eau-de-vie avait pénétré, et le danger paraissait d'autant

plus pressant, qu'il y avait trois ou quatre rangs
de tonneaux les uns sur les autres. Nous re-
commençâmes à jeter de l'eau à pleins seaux,
et nous en jetâmes une prodigieuse quantité ;
mais il survint un nouvel incident qui augmenta
le trouble : l'eau tombée sur le charbon causa
une fumée si épaisse, si sulfureuse et si puante,
qu'on étouffait dans le fond de cale, et qu'il
était presque impossible d'y demeurer. J'y étais
néanmoins pour y donner les ordres nécessaires,
et je faisais sortir les matelots tour-à-tour, pour
leur laisser le temps de se rafraîchir. Je soup-
çonnais déjà que plusieurs avaient été étouffés
sans avoir pu arriver jusqu'aux écoutilles ; moi-
même j'étais si étourdi et si suffoqué, qu'à
peine savais-je ce que je faisais.

» Enfin, me trouvant forcé de sortir, je dis à
Rol qu'il me paraissait nécessaire de jeter la
poudre à la mer. Il ne put s'y résoudre. Si nous
jetons la poudre, me dit-il, il y a de l'apparence
que nous ne devrons plus craindre de périr par
le feu ; mais que deviendrons-nous lorsque nous
trouverons des ennemis à combattre, et quel
moyen de nous défendre ?

» Cependant le feu ne diminuait pas, la
puanteur et l'épaisseur de la fumée ne permettaient plus à personne de demeurer à fond de
cale. On prit la hache, et, dans le bas pont,
vers l'arrière, on fit de grands trous, par les-

quels on jeta une grande quantité d'eau, sans cesser d'en jeter en même temps par les écoutilles. Il y avait trois semaines qu'on n'avait mis la grande chaloupe à la mer ; on y mit aussi le canot qui était sur le haut pont, parce qu'il causait de l'embarras à ceux qui puisaient de l'eau. La frayeur était telle qu'on ne peut la représenter. On ne voyait que le feu et l'eau, dont on était également menacé, et de l'un desquels il fallait être dévoré sans aucune espérance de secours : car on n'avait la vue d'aucune terre ni la compagnie d'aucun vaisseau. Les gens de l'équipage commençaient à s'écarter, et se glissant de tous côtés hors du bord, ils se laissaient tomber dans l'eau ; et, nageant vers la chaloupe ou vers le canot, ils y montaient et se cachaient sous les bancs ou sous les couvertures, en attendant qu'ils se trouvassent en assez grand nombre pour s'éloigner ensemble.

» Rol, étant allé par hasard dans la galerie, fut étonné de voir tant de gens dans la chaloupe et dans le canot : ils lui crièrent qu'ils allaient prendre le large, et l'exhortèrent à descendre avec eux ; leur influence et la vue du péril lui firent prendre ce parti. En arrivant à la chaloupe, il leur dit : Mes amis, il faut attendre le capitaine. Mais ses ordres et ses représentations n'étaient plus écoutés : aussitôt qu'il fut embarqué, ils coupèrent le cordage et s'éloignèrent du vaisseau.

» Comme j'étais toujours occupé à donner mes ordres, à presser le travail, quelques-uns de ceux qui restaient vinrent me dire avec beaucoup d'épouvante : Ah ! capitaine, qu'allons-nous deviner? la chaloupe et le canot sont à la mer.... Si l'on nous quitte, leur répondis-je, c'est avec le dessein de ne plus revenir ; et, courant aussitôt sur le haut pont, je vis effectivement la manœuvre des fugitifs : les voiles du vaisseau étaient sur mât, et la grande voile était sur ses cargues. Je criai aux matelots : Hisse vite et déferle ; efforçons-nous de les joindre, et, s'ils refusent de nous recevoir dans leur chaloupe, nous ferons passer le navire par-dessus eux pour leur apprendre leur devoir.

» En effet, nous approchâmes d'eux jusqu'à la distance de trois longueurs du vaisseau ; mais ils gagnèrent au vent et s'éloignèrent. Je dis alors à ceux qui étaient avec moi : Amis, vous voyez qu'il ne nous reste plus d'espérance que dans la miséricorde de Dieu et dans nos propres efforts, il faut les redoubler et tâcher d'éteindre le feu. Courez à la soute aux poudres, et jetez-les à la mer avant que le feu puisse y gagner. De mon côté, je pris les charpentiers, et je leur ordonnai de faire promptement des trous avec de grandes gouges et des tarières, pour faire entrer l'eau dans le navire jusqu'à la hauteur d'une brasse et demie ; mais ces outils ne

3..

purent pénétrer les bordages, parce qu'ils étaient garnis de fer.

» Cet obstacle répandit une consternation qu'il serait difficile d'exprimer : l'air retentissait de gémissemens et de cris. On se remit à jeter de l'eau, et l'embrasement parut diminuer ; mais peu de temps après le feu prit aux huiles. Ce fut alors que nous crûmes notre perte inévitable. Plus on jetait d'eau, plus l'incendie redoublait sa violence. L'huile et la flamme qui en sortaient se répandaient de toutes parts. Dans cet affreux état, on poussait des cris et des hurlemens si terribles, que mes cheveux se hérissaient, et je me sentais couvert d'une sueur froide.

» Cependant le travail continuait avec la même ardeur : on jetait de l'eau dans le navire et les poudres à la mer. On avait déjà jeté soixante demi-barils de poudre ; mais il en restait encore trois cents. Le feu y prit, et fit sauter le vaisseau, qui dans l'instant fut brisé en mille et mille pièces. Nous y étions encore au nombre de cent dix-neuf. Je me trouvais alors sur le pont, près de l'armure de la grande voile, et j'avais devant les yeux soixante-trois hommes qui puisaient de l'eau ; ils furent emportés avec la vitesse d'un éclair, et disparurent tellement qu'on n'aurait pu dire ce qu'ils étaient devenus. Tous les autres eurent le même sort. Pour moi, qui m'attendais à périr comme tous mes compagnons, j'étendis les bras et les mains vers le ciel, et je m'écriai : O Seigneur ! faites-moi miséricorde. Quoiqu'en me sentant élancé en l'air, je crusse que c'était fait de moi, je conservai néanmoins toute la liberté de mon jugement; et je sentis dans mon cœur une étincelle d'espérance. Du milieu des airs je tombai dans l'eau, entre les débris du navire. Dans cette situation, mon courage se ranima si vivement, que je crus devenir un autre homme. En regardant autour de moi, je vis le grand mât à l'un de mes côtés, et le mât de misaine à l'autre. Je me mis sur le grand mât, d'où je considérai tous les tristes objets dont j'étais environné. Alors je dis, en poussant un soupir : O Dieu ! ce beau navire est donc péri de la manière la plus affreuse!

» Je fus quelque temps sans apercevoir aucun homme ; cependant, tandis que je m'abîmais dans mes tristes réflexions, je vis paraître sur l'eau un jeune homme qui sortait du fond des eaux et qui nageait des pieds et des mains. Il saisit l'éperon qui flottait sur l'eau, et dit en s'y mettant : Me voici encore au monde. J'entendis sa voix, et je m'écriai : O Dieu ! y a-t-il ici quelqu'autre que moi qui soit en vie? Ce jeune homme se nommait Herman Kniphuisen, natif d'Eyder. Je vis flotter près de lui un petit mât. Comme le grand, sur lequel j'étais, ne

cessait de rouler et de tourner, ce qui me
causait beaucoup de peine, je dis à Herman :
« Pousse-moi cette épaisse planche, je me
mettrai dessus et la ferai flotter vers toi., pour
nous y mettre ensemble. » Il fit ce que je lui
ordonnai ; sans quoi, brisé comme j'étais de
mon saut et de ma chute, le dos fracassé, et
blessé à deux endroits de la tête, il m'aurait été
impossible de le joindre. Ces maux dont je ne
m'étais pas encore aperçu, commencèrent à
se faire sentir avec tant de force, qu'il me semblait tout d'un coup que je ne cessais de voir
et d'entendre. Nous étions tous deux l'un près
de l'autre, chacun tenant au bras une pièce
du revers de l'éperon. Nous jetions notre vue
de tous côtés, dans l'espérance de découvrir la
chaloupe ou le canot. A la fin nous les aperçûmes, mais fort loin de nous. Le soleil était au
bas de l'horizon ; je dis au compagnon de mon
infortune : « Ami, toute espérance est perdue
pour nous ; il n'est pas possible que nous nous
soutenions la nuit dans cette triste situation :
élevons nos cœurs à Dieu, et demandons-lui
notre salut avec une résignation entière à sa
volonté. » Nous nous mîmes en prières, et nous
obtinmes grâces ; car à peine achevions-nous
d'adresser nos vœux au ciel, que, levant les
yeux, nous vîmes la chaloupe près de nous.
Quelle joie pour des malheureux qui se cro-

yaient près de périr ! Je criai aussitôt : Sauve ,
sauve le capitaine ! Quelques matelots qui m'entendirent se mirent aussi à crier : Le capitaine
vit encore ! Ils s'approchèrent ; mais ils n'osaient
avancer davantage , dans la crainte d'être
blessés par les grosses pièces de bois. Herman ,
qui n'avait été que peu blessé dans l'explosion du
navire, se sentit assez de vigueur pour se mettre à
la nage, et se rendit dans la chaloupe. Pour moi,
je criai : « Si vous voulez me sauver la vie , il
faut que vous veniez jusqu'à moi ; car j'ai été
si maltraité, que je n'ai pas la force de nager. »
Le trompette s'étant jeté à la mer avec une
ligne de sonde qui se trouva dans la chaloupe,
en apporta un bout jusqu'entre mes mains. Je
la fis tourner autour de ma ceinture , et ce secours me fit arriver heureusement à bord. J'y
trouvai Rol et le second pilote nommé Meindert
Kryns , qui était de Hoorn. Ils me regardèrent
long-temps avec admiration. J'avais fait faire à
l'arrière de la chaloupe une petite chambrette
qui pouvait contenir deux hommes, j'y entrai
pour y prendre un peu de repos ; car je me
sentais si mal , que je ne croyais pas avoir
beaucoup de temps à vivre : je souffrais surtout
vivement de deux trous que j'avais à la tête.
Cependant je dis à Rol : « Je crois que nous
ferions bien de demeurer cette nuit proche des
débris : demain , lorsqu'il sera jour nous pour-

rons recueillir quelques vivres , et peut-être trouverons-nous une boussole pour nous aider à découvrir la terre. » On s'était sauvé avec tant de précipitation , qu'on était presque sans vivres. A l'égard des boussoles, le premier pilote , qui soupçonnait la plupart des gens de l'équipage de vouloir abandonner le vaisseau, les avait ôtées de l'habitacle , ce qui n'avait pu arrêter l'exécution de leur projet ni l'empêcher lui-même de périr.

» Rol, négligeant mon conseil , fit prendre les rames , comme s'il eût été jour ; mais, après avoir vogué toute la nuit, dans l'espérance de découvrir la terre au lever du soleil , il se vit bien loin de son attente , en reconnaissant qu'il était également loin de la terre et des débris. On vint me demander, dans ma retraite, si j'étais mort ou vivant. « Capitaine, me dit-on, qu'allons-nous devenir ? il ne se présente point de terre , et nous sommes sans vivres , sans carte et sans boussole. — Amis, leur répondis-je , il fallait m'en croire hier soir, lorsque je vous conseillais fortement de ne pas vous éloigner des débris. Je me souviens que, pendant que je flottais sur le mât, j'étais environné de lard , de fromage et d'autres provisions. — Cher capitaine, me dirent-ils affectueusement , sortez de ce réduit et venez nous conduire. — Je ne puis , leur répliquai-je, et je suis si perclus, qu'il m'est impossible de remuer. »

» Cependant, avec leurs secours, j'allai m'asseoir sur le pont, où je vis l'équipage qui continuait de ramer. Je demandai en quoi consistaient les vivres : on me montra sept ou huit livres de biscuit. « Cessez de ramer, leur dis-je, vous vous fatiguez vainement, et vous n'aurez point à manger, pour réparer vos forces. Ils me demandèrent ce qu'il fallait donc qu'ils fissent. Je les exhortai à se dépouiller de leurs chemises pour en fabriquer des voiles. La difficulté était de trouver du fil ; je leur fis prendre les paquets de corde qui étaient de rechange dans la chaloupe : ils en firent une espèce de fil de caret, et du reste on en fit des écoutes pour diriger les voiles. Cet exemple fut suivi dans le canot. On parvint ainsi à coudre toutes les chemises ensemble, et l'on en composa de petites voiles.

» Nous pensâme ensuites à faire la revue de nos gens : on se trouvait au nombre de quarante-six dans la chaloupe et de vingt-six dans le canot. Il y avait dans la chaloupe une capote bleue de matelot et un coussin, qui me furent cédés en faveur de ma situation. Le chirurgien était avec nous, mais sans aucun médicament. Il eut recours à un biscuit mâché qu'il mettait sur mes plaies, et par la protection du ciel ce cataplasme me guérit.

» Le premier jour, nous nous abandonnâmes aux flots tandis qu'on travaillait aux voiles. Elles furent prêtes le soir ; on envergua et l'on mit au vent. On était au 20 novembre : nous prîmes pour guide le cours des étoiles, dont nous connaissions fort bien le lever et le coucher. Pendant la nuit, on était transi de froid, et la chaleur du jour était insupportable, parce que nous avions le soleil perpendiculairement sur nos têtes. Le 21 et les deux jours suivans, nous nous occupâmes à construire une arbalète, pour prendre hauteur; on traça un cadran sur le couvert. Le menuisier du vaisseau avait un compas, je gravai une carte marine sur la planche de l'arbalète, et j'y traçai l'île de Sumatra, celle de Java, et le détroit de la Sonde qui est entre ces deux îles, et tous les jours je fis l'estime.

» De sept ou huit livres de biscuit, qui faisaient notre unique provision, je réglai des rations pour chaque jour, et tant qu'elle dura, je distribuai à chacun la sienne ; mais on en vit bientôt la fin, quoique la mesure pour chacun ne fût qu'un petit morceau de la grosseur du doigt. On n'avait aucun breuvage : lorsqu'il tombait de la pluie, on amenait les voiles, qu'on étendait dans l'espace de la chaloupe pour rassembler l'eau, et la faire couler dans deux petits tonneaux, les seuls qu'on eût emportés ; on la tenait en réserve pour les jours qui se passaient sans pluie.

» Cette extrémité n'empêchait point qu'on ne me pressât de prendre abondamment ce qui m'était nécessaire, parce que tout le monde, me disait-on, avait besoin de mon secours, et que, sur un si grand nombre de gens, la diminution serait peu sensible. J'étais bien aise de leur voir pour moi ces sentimens ; mais je ne voulus rien prendre de plus que les autres. Le canot refusait de nous suivre ; cependant, comme nous faisions meilleure route et qu'il n'avait personne qui entendît la navigation, ils étaient presque toujours derrière nous : nous ne pouvions les prendre dans notre bord, parce que c'aurait été nous mettre dans le cas de périr tous ensemble.

Enfin, nous arrivâmes bientôt au comble de notre misère : le biscuit nous manqua tout à fait, et nous ne découvrions point de terre. La faim devenait très-pressante, lorsque le ciel permit qu'une troupe de mouette vint voltiger sur la chaloupe avec tant de lenteur, qu'elles semblaient chercher à se faire prendre. Elles se baissaient facilement à la portée de nos mains, et chacun en prit aisément quelques-unes. On les pluma aussitôt pour les manger crues : cette chair nous parut délicieuse. Cependant un si faible repas ne pouvait nous conserver la vie long-temps.

» Nous passâmes encore le reste du jour sans avoir la vue d'aucune terre. Nos gens étaient si consternés, que le canot s'étant approché de nous, et ceux qui s'y trouvaient nous conjurant de nouveau de les prendre, on conclut que puisque la mort était inévitable, il fallait mourir tous ensemble. On les reçut donc, et l'on tira du canot toutes les rames et les voiles.

» Il y eut alors dans la chaloupe trente rames, que nous rangeâmes sur les bancs en forme de couverte ou de pont. On avait aussi une grande voile, une misaine, un artimon et une civardière. La chaloupe avait tant de creux, qu'un homme pouvait se tenir assis sous le couvert des rames. Je partageai ma troupe en deux parties, dont l'une se tenait sous le couvert, tandis que l'autre était dessus, et l'on se relevait tour à tour. Nous étions soixante-douze, qui jetions les uns sur les autres des regards tristes et désolés, tels qu'on peut se le figurer entre des gens qui mouraient de faim et de soif, et qui ne voyaient plus venir de mouettes ni de pluie. Lorsque le désespoir commençait à pren-

dre la place de la tristesse, on vit s'élancer de
la mer un assez grand nombre de poissons vo-
lans, de la grosseur des merlans les plus forts,
qui volèrent même dans la chaloupe. Chacun
s'étant jeté dessus, ils furent distribué et man-
gés crus. Ce secours était léger. Cependant il
n'y avait personne de malade, ce qui paraissait
d'autant plus étonnant, que, malgré mes con-
seils, quelques-uns avaient commencé à boire
de l'eau de la mer. Amis, leur disais-je, gardez-
vous de boire de l'eau salée; elle n'apaisera
point votre soif, et elle vous causera un flux de
ventre auquel vous ne résisterez pas. »

» Ainsi le mal croissant d'heure en heure, je
vis arriver le temps du désespoir. On commençait à se regarder d'un air farouche, comme
prêts à s'entre-dévorer, et à se repaître de la
chair de son voisin. Quelques-uns parlèrent même d'en venir à cette funeste extrémité et de
commencer par les jeunes gens; une proposition
aussi atroce me remplit d'horreur, mon courage en fut abattu. Je me tournai du côté du ciel,
pour le conjurer de ne pas permettre qu'on
exerçât cette barbarie. Enfin j'entreprendrais
vainement d'exprimer dans quel état je me trouvais, lorsque je vis quelques matelots disposés
à commencer l'exécution et résolus de se saisir
des jeunes gens. J'intercédai pour eux dans les

termes les plus touchans, et je tâchai de leur donner l'espoir que nous ne tarderions pas à découvrir la terre. Ils prétendirent que je leur tenais depuis long-temps le même langage; qu'ils n'étaient que trop certains que je les trompais, ou que je me trompais moi-même. Cependant ils m'accordèrent l'espace de trois jours, au bout desquels ils protestèrent que rien ne serait capable de les arrêter. Cette affreuse résolution me pénétra jusqu'au fond du cœur; je redoublai mes prières pour obtenir que nos mains ne fussent pas souillées par le plus abominable de tous les crimes.

» Hélas! le temps coulait et l'extrémité me paraissait si pressante que j'avais peine à me défendre moi-même du désespoir que je reprochais aux autres: la force commençait à nous manquer autant que le courage; la plupart n'étaient presque plus capables de se lever du lieu où ils étaient assis, ni de se tenir debout; Rol était si abattu, qu'il ne pouvait se remuer. Malgré l'affaiblissement que m'avaient du causer mes blessures, j'étais encore un des plus robustes.

» Nous étions au second jour de décembre, qui était le treizième jour depuis notre désastre. L'air se chargea, il tomba de la pluie, qui nous apporta un peu de soulagement; elle fut accompagnée d'un calme qui nous permit de détacher

les vergues et de les étendre sur le bâtiment ;
on se traîna par-dessous, et chacun but de l'eau
de pluie à son aise, et les deux petits tonneaux
demeurèrent remplis. J'étais alors au timon, et
suivant l'estime je jugeai que nous ne devions
pas être loin de la terre. J'espérai que l'air pourrait s'éclaircir tandis que je demeurerais dans
ce poste, et je m'obstinai à ne pas le quitter.
Mais l'épaisseur de la brume et la pluie qui ne
diminuait pas, me firent éprouver un froid si
vif, que, n'ayant plus le pouvoir d'y résister,
j'appelai un des quartiers-maîtres pour lui faire
prendre ma place. Il vint, et j'allai me mêler
entre les autres, où je repris un peu de chaleur.

» A peine le quartier-maître eut-il passé une
heure à la barre du gouvernail, que, le temps
ayant changé, il découvrit une côte. Le premier
mouvement de sa joie lui fit crier : Terre ! terre !
Tout le monde trouva des forces pour se lever,
et chacun voulut être assuré pour le témoignage
de ses yeux d'un si favorable événement : c'était
effectivement la terre. On déploya aussitôt toutes les voiles ; et l'on courut droit sur la côte ;
mais en approchant du rivage, on trouva les
brisans si forts, qu'on n'osa se hasarder à traverser les lames. L'île, car c'en était une, s'en-
fonçait par un petit golfe, où nous eûmes le
bonheur d'entrer. Là nous jetâmes le grapin à

la mer; il nous en restait un petit, qui servit à nous amarer à terre, et chacun se hâta de sauter sur le rivage. L'ardeur fut extrême pour se répandre dans les bois et dans les lieux où l'on espérait trouver quelque chose qui pût servir d'aliment. Pour moi, je n'eus pas plutôt touché la terre, que, m'étant jeté à genoux, je la baisai de joie, et rendis grâce au ciel de la faveur qu'il nous accordait. Ce jour était le dernier des trois à la fin desquels on devait manger les mousses du vaisseau.

» L'île offrait des noix de cocos; mais on n'y put découvrir d'eau douce. Nous nous crûmes trop heureux de pouvoir avaler la liqueur que les cocos rendent dans leur fraîcheur, et nous mangions les plus vieux. Cette liqueur nous parut un agréable breuvage, et n'aurait produit que des effets salutaires, si nous en eussions usé avec modération; mais tout le monde en ayant pris à l'excès, nous sentîmes dès le même jour des tranchées et des douleurs insupportables, qui nous forcèrent de nous ensevelir dans le sable les uns près des autres : elles ne finirent que le lendemain. On fit le tour de l'île sans découvrir la moindre trace d'habitation, ni de vivres dont nous avions le plus grand besoin.

» Après avoir rempli notre chaloupe de noix de cocos vieilles et fraîches, nous levâmes l'ancre vers le soir, et nous gouvernâmes sur l'île de Sumatra, dont nous eûmes la vue dès le lendemain : celle que nous quittions en est à quatorze ou quinze lieues. Nous côtoyâmes les terres de Sumatra vers l'est aussi long-temps qu'il nous resta des provisions. La nécessité nous forçant alors d'affronter les brisans, nous abordâmes par l'embouchure d'une petite rivière, dont l'eau se trouva douce. Nous abordâmes au côté droit, couvert de belles herbes, entre lesquelles nous découvrîmes de petites fèves, telles qu'on en voit en quelques endroits de la Hollande. Notre premier soin fut d'en manger avidement. Nous avions dans la chaloupe deux haches, qui nous servirent pour abattre quelques arbres et pour en couper les branches, dont nous fîmes de grands feux en plusieurs endroits. Vers le soir, nous redoublâmes nos feux, et, dans la crainte de quelque surprise, je posai trois sentinelles aux avenues de notre petit camp. Au milieu de la nuit, nos sentinelles nous apprirent que les habitans du pays s'approchaient en grand nombre : leur dessein, dans les ténèbres, ne pouvait être que de nous attaquer. Toutes nos armes ne consistaient que dans les deux haches avec une épée fort rouillée, et nous étions tous si faibles, qu'à peine avions-nous la force de nous remuer.

« Cependant cet avis nous ranima , et les plus abattus ne purent se résoudre à périr sans opposer quelque résistance. Nous prîmes dans nos mains des tisons ardens, avec lesquels nous courûmes au-devant de nos ennemis. Les étincelles volaient de toutes parts et rendaient le spectacle terrible. D'ailleurs, les insulaires ne pouvaient être informés que nous étions sans armes : aussi prirent-ils la fuite pour se retirer derrière un bois. Nos gens retournèrent auprès de leurs feux, où ils passèrent le reste de la nuit dans des alarmes continuelles. Rol et moi nous rentrâmes par prudence dans la chaloupe , pour nous assurer du moins cette ressource contre toutes sortes d'événemens.

» Le lendemain , au lever du soleil , trois insulaires sortirent du bois , et s'avancèrent vers le rivage. Nous leur envoyâmes trois de nos gens qui , ayant déjà fait le voyage des Indes , connaissaient un peu les usages et la langue du pays. La première question à laquelle ils eurent à répondre , fut de quelle nation ils étaient. Après avoir satisfait à cette demande , et nous avoir représentés comme d'infortunés marchands étrangers , dont le vaisseau avait péri par le feu , ils demandèrent à leur tour si nous pouvions obtenir quelques rafraîchissemens par des échanges. Pendant cet entretien, les insulaires continuèrent de s'avancer vers la chaloupe, et, s'étant approchés avec beaucoup d'audace, ils voulurent savoir si nous avions des armes. On leur répondit que nous étions bien pourvus de mousquets, de poudre et de balles.

» Ils nous quittèrent alors avec promesse de nous apporter du riz et des poules. Nous fîmes environ quatre-vingt réales de l'argent que chacun avait dans ses poches, et nous en offrîmes une partie aux trois insulaires quand ils nous apportèrent quelques poules et du riz tout cuit: ils parurent fort satisfaits du prix. J'exhortais nos gens à prendre un air ferme ; nous nous assîmes sur l'herbe, et nous prîmes hardiment notre repas. Les trois insulaires assistèrent à ce festin, et durent admirer notre appétit. D'après leur réponse, il nous parut certain que nous étions au vent de Java, et cet éclaircissement nous causa d'autant plus de satisfaction, que, n'ayant point de boussole, nous avions hésité jusqu'alors dans toutes nos manœuvres.

» Il ne nous manquait plus que des vivres pour achever de nous rendre tranquilles. Je pris trop témérairement la résolution de m'embarquer avec quatre de nos gens dans une petite pirogue qui était sur la rive, et de remonter la rivière jusqu'à un village que nous avions aperçu dans l'éloignement, pour aller faire autant de

4

provisisions qu'il me serait possible avec le reste de l'argent que nous avions rassemblé. M'étant hâté de partir, j'eus bientôt acheté du riz et des poules que j'envoyai à Rol avec la même diligence, en lui recommandant l'égalité dans la distribution, pour ne donner aucun sujet de plainte. De mon côté, je fis dans le village un fort bon repas avec mes compagnons, et je ne trouvai pas la liqueur du pays sans agrément : c'est une sorte de vin qui se tire des arbres et qui est capable d'enivrer.

» Pendant que nous mangions, les habitans étaient assis autour de nous. Après le repas, j'achetai d'eux un buffle ; mais étant si sauvage que nous ne pouvions le prendre ni l'emmener, nous employâmes beaucoup de temps. Le jour commençait à baisser ; je voulais que nous retournassions à la chaloupe, dans la vue de revenir le lendemain : nos gens me prièrent de les laisser cette nuit dans le village, sous prétexte qu'il leur serait plus aisé de prendre le buffle pendant les ténèbres. Je n'étais pas de leur avis, et je m'efforçai de les détourner de ce dessein ; cependant leurs instances m'y firent consentir, et je les quittai en les abandonnant à leur propre conduite.

» Je retournai sur le bord de la rivière, où je trouvai près de la pirogue quantité d'insulaires qui paraissaient en contestation. Ayant cru démêler que les uns voulaient qu'on me laissât partir, et que d'autres s'y opposaient, j'en pris deux par le bras, et je les poussai vers la pirogue d'un air de maître. Leurs regards étaient farouches. Cependant ils se laissèrent conduire jusqu'à la barque, et ne firent pas de difficulté d'y entrer avec moi : l'un s'assit à l'arrière et l'autre à l'avant. Enfin ils se mirent à ramer. J'observai qu'ils avaient au côté chacun leur cric ou poignard, et par conséquent qu'ils étaient maîtres de ma vie. Après avoir un peu vogué, celui qui était à l'arrière vint à moi, au milieu de la pirogue où je me tenais debout, et me déclara par des gestes, qu'il voulait de l'argent. Je tirai de ma poche une pièce de monnaie que je lui offris : il la reçut, et l'ayant regardée quelques momens d'un air incertain, il l'enveloppa dans le morceau de toile qu'il avait autour de sa ceinture. Celui qui était à la proue vint à son tour, et me fit les mêmes signes. Je lui donnai une autre pièce, qu'il considéra aussi des deux côtés ; mais il parut encore plus incertain s'il la devait prendre ou m'attaquer ; ce qui lui aurait été facile, puisque j'étais sans armes. Je sentis la grandeur du péril, et le cœur me battit vivement.

» Nous descendions toujours et d'autant plus vite que nous étions portés par le reflux. Vers la moitié du chemin, mes deux guides commencèrent à parler entre eux avec beaucoup de chaleur. Tous leurs mouvemens semblaient marquer qu'ils avaient dessein de fondre sur moi, j'en fus alarmé jusqu'à trembler. Ma consternation me fit tourner les yeux vers le ciel, à qui je demandai le secours qui m'était nécessaire dans un danger si pressant. Une inspiration secrète me fit prendre le parti de chanter, ressource étrange contre la peur, et souvent mise en usage. Je chantai de toute ma force, jusqu'à faire retentir les bois dont les deux rives étaient couvertes. Les deux insulaires se mirent à rire, ouvrant une bouche si large que je vis jusqu'au milieu de leur gosier. Leurs regards me firent connaître qu'ils ne me croyaient ni crainte ni défiance. Ainsi je vérifiai ce que j'avais entendu dire sans le comprendre qu'une frayeur extrême est capable de faire chanter. Pendant que je continuais à me livrer à cette joie affectée, la barque allait si rapidement, que je commençais à découvrir notre chaloupe. Je fis des signes à nos gens, ils les aperçurent, et je les vis accourir vers le bord de la rivière : alors, me retournant vers mes deux rameurs, je leur fis entendre que pour aborder il fallait qu'ils se missent tous deux à la proue, dans l'idée que l'un d'eux ne pourrait du moins m'attaquer par derrière. Ils m'obéirent sans résistance, et je descendis tranquillement sur la rive, et ces deux insulaires, si justement suspects, rentrèrent dans leur pirogue pour retourner au village.

» Je fis à Rol et aux autres le récit de ce qui m'était arrivé dans mon voyage, et je leur donnai l'espérance de revoir le lendemain nos quatre hommes avec le buffle. La nuit se passa dans une profonde tranquillité, mais, après le lever du soleil, nous fûmes surpris de ne pas voir paraître nos gens, et nous craignîmes qu'il ne leur fût arrivé quelque accident. Enfin nous vîmes paraître deux insulaires qui chassaient un buffle devant eux ; mais je n'eus pas besoin de le considérer long-temps pour reconnaître que ce n'était pas celui que j'avais acheté. Un de nos gens, qui entendait à demi la langue du pays et qui se faisait entendre de même, demanda aux nègres pourquoi ils n'avaient pas amené le buffle qu'ils m'avaient vendu, et où étaient nos quatre hommes. Ils répondirent qu'il avait été impossible d'amener l'autre, et que nos gens, qui venaient après eux, en conduisaient un second. Cette réponse ayant un peu dissipé notre inquiétude, je remarquai que le buffle sautait beaucoup, et qu'il n'était pas moins sauvage

que le premier ; je ne balançai point à lui faire
couper les pieds avec la hache. Les deux noirs
le voyant tomber, poussèrent des cris et des
hurlemens épouvantables.

» A ce bruit, deux ou trois cents insulaires
qui étaient cachés dans le bois en sortirent
brusquement, et coururent d'abord vers la chaloupe, dans le dessein apparemment de nous
couper le passage pour s'assurer la liberté de
nous massacrer tous. Trois de nos gens, qui
avaient un petit feu à quelque distance des ten-
tes, pénétrèrent leur projet, et se hâtèrent de
nous en donner avis. Je sortis du bois ; et m'é-
tant un peu avancé, je vis quarante ou cinquante
de nos ennemis qui se précipitaient vers nous
d'un autre côté du même bois. » Tenez ferme,
dis-je à nos gens, le nombre de ces misérables
n'est pas assez grand pour nous causer de l'é-
pouvante. » Mais nous en vîmes paraître une si
grosse troupe, la plupart armés de boucliers et
d'une sorte d'épée, que, regardant ma situation
d'un autre œil, je m'écriai : « Courons à la chaloupe ; car, si le passage nous est coupé, il faut
renoncer à toute espérance. » Nous prîmes notre
course vers la chaloupe, et ceux qui ne purent
y arriver assez tôt se jetèrent dans l'eau pour
s'y rendre à la nage.

» Nos ennemis, nous poursuivirent jusqu'à bord. Malheureusement pour nous, pour s'éloigner de la rive avec une diligence égale au danger, les voiles étaient étendues en forme de tente d'un côté de la chaloupe à l'autre ; et tandis que nous nous empressions d'y entrer, les insulaires, nous suivant de près, percèrent de leurs zagaies plusieurs de nos gens. Nous nous défendions néanmoins avec nos hâches et notre vieille épée. Le boulanger de l'équipage, qui était un homme fort grand, plein de vigueur, s'aidait de l'épée avec succès. Nous étions amarrés par deux grappins, nous parvînmes à les lever. En vain les insulaires tentèrent de nous suivre dans l'eau, ils perdirent fond, et furent contraints d'abandonner leur proie.

» Nous pensâmes à recueillir le reste de nos gens qui nageaient dans la rivière. Ceux qui n'avaient pas reçu de coup mortel rentrèrent à bord, et le ciel fit souffler aussitôt un vent forcé de terre, quoique jusqu'alors il eût été de mer. Nous mîmes toutes nos voiles, et nous allâmes jusqu'au large d'une seule bordée, avec une facilité surprenante à repasser le banc et les brisans qui nous avaient causé tant d'embarras à l'entrée de la rivière.

» A peine étions-nous hors de danger, qu'on s'aperçut que le brave boulanger, qui nous avait si bien défendus, avait été blessé d'une arme empoisonnée. Il tomba mort à nos yeux. En faisant la revue de nos gens, nous trouvâmes qu'il en manquait seize, y compris les quatre qui avaient été sûrement tués au village.

» A la pointe du jour, nous eûmes la vue de trois îles qui étaient devant nous. Nous prîmes la résolution d'y relâcher, quoique nous ne les crussions point habitées; on se flattait d'y trouver quelque nourriture : celle où nous abordâmes était remplie de cette espèce de roseaux qu'on nomme bambous, et qui sont souvent de la grosseur de la jambe. Nous en prîmes plusieurs, dont nous perçâmes les nœuds avec un bâton, à l'exception de celui de dessous ; nous les remplîmes d'eau douce comme autant de tonneaux, et nous les fermâmes avec des bouchons. Cet expédient nous fournit une bonne provision d'eau douce dans la chaloupe. Il y avait aussi des palmiers, dont la cime était assez molle pour nous servir d'alimens.

» Quelques jours après, au soleil levé, nous fûmes arrêtés par un calme. Nous étions, sans le savoir, sur la côte de Java : un matelot étant monté au haut du mât, cria qu'il voyait un grand nombre de vaisseaux; il en compta jusqu'à vingt-trois. Notre joie ne se put exprimer; on se hâta de faire usage des avirons, à cause du calme.

Ces vingt-trois vaisseaux étaient hollandais, sous le commandement de Frédéric Houtman d'Alcmaar. Il se trouvait alors dans la galerie de son vaisseau, d'où il nous observa avec sa lunette d'approche. Surpris de la singularité de nos voiles, et cherchant l'explication d'un spectacle si nouveau, il envoya sa chaloupe au-devant de nous pour s'informer qui nous étions. Ceux qui la conduisaient se rappelèrent nous avoir connus: nous avions fait voile ensemble du Texel, et nous ne nous étions séparés que dans les mers d'Espagne. Ils nous firent passer, Rol et moi dans leur chaloupe, et nous conduisirent à bord de l'amiral, dont le vaisseau se nommait *la Vierge de Dordrecht* : nous lui fûmes aussitôt présentés. Après nous avoir marqué la joie qu'il avait de nous revoir, jugeant, sans explication, quel était le plus pressant de nos besoins, il fit couvrir sa table et s'y mit avec nous. Lorsque je vis paraître le pain et plusieurs viandes, je me sentis le cœur si serré, que les larmes inondèrent mon visage, et que je ne trouvai point la force de manger. Mes compagnons d'infortune qui arrivèrent presque aussitôt, furent distribués sur tous les autres vaisseaux de la flotte.

» L'amiral se fit raconter toutes nos aventures qu'il écouta avec le plus grand étonnement; en suite il nous fit embarquer dans un yacht pour

4..

nous rendre à Batavia. Nous étions encore au
nombre de cinquante, et nous y fûmes rendus
le lendemain. Les amis que nous avions retrouvés
sur la flotte m'avaient fourni des vêtemens et à
tout mon équipage. Nous nous présentâmes à
l'hôtel du général de la compagnie, qui n'avait
point été encore informé de notre arrivée, mais
qui nous reçut favorablement lorsque nous nous
eûmes fait connaître. Il fallut satisfaire sa curiosité par un long récit, ensuite je lui expliquai
comment le désastre était arrivé, combien nous
avions perdu de monde, et comment, lorsque le
navire sauta en l'air, le ciel m'avait conservé
avec un seul jeune homme.

» Le général, fort attentif à ma narration,
me dit froidement, après avoir entendu le reste
de nos aventures : « Que faire à cela? c'est un
grand malheur. » Ensuite il dit à un de ses domestiques : Apporte la coupe d'or. Il fit verser
du vin d'Espagne en disant: « Capitaine, je vous
souhaite plus de bonheur. Je bois à votre santé. »
Il but aussi à la santé du roi. Il ajouta : « Restez
ici, vous dînerez avec moi. »

Ce général nomma Bentékoé capitaine d'un
vaisseau de trente pièces de canon, et le chargea
de diverses commissions importantes, dont il
s'acquitta à la satisfaction générale. Le même
officier supérieur nomma aussi Rol pour commis

ou marchand sur le même vaisseau. Rol obtint par suite le gouvernement d'un fort à Amboine et y mourut. Bentékoé entra heureusement dans un port de Zélande, le 15 de novembre 1625. En débarquant, il bénit le ciel de l'avoir délivré de tant de périls pendant un voyage de sept ans. Ce grand navigateur se retira à Hoorn, lieu de sa naissance; où il mena une vie exemplaire, et y termina, sa carrière, estimé de tous ceux qui le connurent.

❋❀❀❀❀❀❀❀❀❀❀❀❀❀❀❀❀❀❀❀❀❀❀❀❀❀❀❀❀❀❀❀❀❀❀❀❀❀❀

VII. Naufrage d'un vaisseau hollandais, *le Parow (l'E pervier)*, sur les côtes de l'île de Quelpaert, mer de la Corée, en 1653.

Le 10 de janvier 1653, ce vaisseau, monté de soixante-quatre hommes d'équipage, et chargé pour le compte de la compagnie des Indes hollandaises, des Indes orientales, partit du Texel sous le commandement du capitaine Eybertz, d'Amsterdam. Après avoir essuyé quelques tempêtes et plusieurs accidens d'une fâcheuse navigation, il arriva dans la rade de Batavia, le premier de juin.

Le 14 du même mois, étant ravitaillé, ils remirent à la voile par ordre du gouverneur-général, pour se rendre à Tay-Wan, dans l'île Formose : ils y arrivèrent le 16 de juin. Le 30, un ordre du conseil les obligea de partir pour le Japon. Le premier d'août au matin, ils se trouvèrent fort près d'une petite île, où ils mouillèrent avec beaucoup de difficulté, parce qu'on ne trouve pas de fond dans presque toutes les parties de cette mer. Lorsque le brouillard vint à se dissiper, et la force d'une tempête qui les tourmentait, ils furent étonnés de se voir si près des côtes de la Chine, qu'ils distinguaient facilement sur le rivage des gens armés qui s'attendaient apparemment à profiter des débris du vaisseau. Quoique la tempête ne cessât point d'augmenter, ils restèrent dans le même lieu toute la nuit et le jour suivant. Le troisième jour, l'équipage de *l'Epervier* s'aperçut que la tempête l'avait éloigné de vingt lieues de sa route. La violence continuelle de la mer avait fort affaibli leur vaisseau, et la pluie, qui ne discontinuait pas, les empêchant de faire des observations, ils furent obligés d'amener toutes leurs voiles, et de s'abandonner au gré des flots. Le 15, ils prirent tant d'eau, qu'ils n'étaient plus maîtres de leur bâtiment. La nuit suivante, leur chaloupe et la plus grande partie de la galerie furent emportées par l'impétuosité des vagues qui ébranlèrent le beaupré et mirent la proue fort en danger. Les coups de vent étaient si impétueux et se succédaient de si près, qu'il était impossible d'y remédier. Enfin, une vague, qui se brisa sur l'antenne (vergue), faillit emporter tout ce qu'il y avait de matelots sur le pont, jeta tant d'eau sur le bâtiment, que le capitaine s'écria qu'il fallait couper le mât sur-le-champ, et demander le secours du ciel, parce qu'une ou deux vagues de plus causeraient infailliblement la perte du vaisseau.

Ils étaient réduits à cette extrémité, lorsqu'au second quart celui qui veillait à l'avant s'écria : Terre! terre! en assurant qu'on n'était éloigné du rivage que d'une portée de mousquet : la pluie et l'épaisseur des ténèbres n'avaient pas permis de s'en apercevoir plutôt. Il fut impossible de jeter l'ancre, parce qu'on ne trouva point de fond ; et, tandis qu'on s'efforçait inutilement d'y parvenir, il se fit une si grande voie d'eau, que tous ceux qui étaient à fond de cale furent noyés sans en avoir pu sortir. Quelques-uns de ceux qui étaient sur le pont sautèrent dans la mer ; les autres furent entraînés par les flots ; il y en eut quinze qui gagnèrent ensemble le rivage, la plupart nus et tous brisés. Ils se persuadèrent d'abord que tous les autres avaient péri ; mais, en grimpant sur les rochers, ils entendirent les voix de quelques personnes qui poussaient des plaintes ; et, le jour suivant, à force de crier et de chercher le long du rivage, ils rassemblèrent plusieurs de leurs compagnons qui étaient dispersés sur le sable. De soixante-quatre, ils se trouvèrent au nombre de trente-six, la plupart blessés dangereusement.

En cherchant les débris du vaisseau, ils découvrirent un de leurs compagnons pris entre deux planches, dont il avait été si serré, qu'il ne vécut pas plus de trois heures après avoir été dégagé. Mais de tous ceux qui avaient eu le malheur de périr, ils ne retrouvèrent que le capitaine Eybertz, étendu sur le sable ; à dix ou douze brasses de l'eau, la tête appuyée sur son bras. Ils lui rendirent les derniers devoirs en l'enterrant. De toutes leurs provisions, la mer n'avait jeté sur le rivage qu'un sac de farine, un tonneau de viande salée, un peu de lard et un baril de vin rouge. Ils n'eurent pas peu d'embarras à faire du feu ; car se croyant dans quelque île déserte, leur unique ressource était dans leur industrie.

Le 17, étant à déplorer leur situation, tantôt s'affligeant de ne voir paraître personne, tantôt se flattant de n'être pas éloignés du Japon, ils découvrirent dans le lointain un homme qu'ils appelèrent par divers signes, mais qui prit la fuite dès qu'il les eut aperçus. Dans l'après-midi, ils en aperçurent trois autres, dont l'un était armé d'un mousquet, et les deux autres de flèches. Ces inconnus s'approchèrent à la portée du fusil ; mais, remarquant que les Hollandais s'avançaient vers eux, ils leur tournèrent le dos, malgré les signes par lesquels on s'efforçait de leur faire connaître qu'on ne leur demandait que du feu. Enfin, quelques Hollandais ayant trouvé le moyen de les joindre, celui qui portait le mousquet ne fit pas difficulté de l'abandonner entre

leurs mains. Ils s'en servirent pour allumer du
feu. Ces trois hommes étaient vêtus à la chinoise,
excepté leurs bonnets qui étaient composés de
crin de cheval. Les Hollandais s'imaginèrent avec
effroi que c'étaient peut-être des Chinois sauvages ou des pirates. Vers le soir, ils virent
paraître une centaine d'hommes armés, vêtus
comme les premiers, qui, après les avoir comptés
pour s'assurer de leur nombre, les tinrent en-
fermés pendant toute la nuit. Le lendemain à
midi, environ deux mille hommes, tant à pied
qu'à cheval, vinrent se placer devant leur hutte
ou leur tente en ordre de bataille. Le secrétaire,
les deux pilotes et un mousse ne firent pas difficulté de se présenter à eux. Ils furent conduits
au commandant, qui leur fit mettre au cou une
grosse chaîne de fer et une petite sonnette, et
les obligea de se prosterner devant lui avec cette
singulière parure. Ceux qui étaient restés dans
la hutte furent traités de même, tandis que les
insulaires semblaient applaudir par de grands
cris. Après les avoir laissés quelque temps dans
cette situation, c'est-à-dire prosternés ventre à
terre, on leur fit signe de se mettre à genoux.
On leur fit plusieurs questions qu'ils ne purent
comprendre. Ils ne réussirent pas mieux à faire
connaître qu'ils auraient voulu se rendre au Japon, parce que, dans ce pays, le Japon s'appelle
Junare ou *Jirpon*. Le commandant ayant perdu

l'espérance de les entendre mieux, fit apporter une tasse d'arack, qui leur fut présentée tour-à-tour, et les renvoya dans leur tente. Il se fit montrer ce qu'il leur restait de provisions, et bientôt après on leur apporta du riz cuit à l'eau.

Après midi, les Hollandais furent surpris de voir venir plusieurs de ces barbares avec des cordes à la main. Ils ne doutèrent pas que ce fût pour les étrangler; mais leur crainte s'évanouit en les voyant courir vers les débris du vaisseau, pour tirer au rivage ce qui pouvait leur être utile.

Le pilote, ayant fait ses observations, jugea qu'ils étaient dans l'île de Quelpaert, île d'Asie, dépendante du royaume de ce nom.

Les insulaires employèrent le 19 et le 20 à tirer au rivage les restes du vaisseau naufragé, à faire sécher les toiles et les draps, à brûler le bois pour en tirer le fer, dont ils font grand cas. Comme la familiarité commençait à s'établir, les Hollandais se présentèrent au commandant de l'île, et à l'amiral, qui s'était aussi approché de leur tente. Ils firent présent à l'un et à l'autre d'une lunette d'approche et d'un flacon de vin rouge. La tasse d'argent du capitaine ayant été trouvée entre les rochers, ils l'offrirent aussi à ces deux officiers. Les lunettes et la liqueur furent acceptées; il parut même

que le vin était goûté, puisque les deux géné-
-raux en burent jusqu'à se ressentir de ses effets:
mais ils rendirent la tasse du capitaine avec divers témoignages d'amitié.

Pendant qu'on brûlait le bois du vaisseau
dans la journée du 20, le feu s'étant approché
de deux pièces de canon chargées à boulet, les
deux coups partirent avec tant de bruit, que
tous les insulaires prirent la fuite, et n'osèrent
revenir qu'après avoir été rassurés par des signes. Le matin du jour suivant, le commandant
leur fit entendre qu'il fallait lui apporter tout ce
qu'ils avaient pu sauver dans leur tente: c'était
pour y mettre le scellé, et cette formalité fut
exécutée devant leurs yeux. On lui amena au
même moment quelques personnes de l'île qui
avaient détourné, pour leur propre usage, du
fer, des cuirs et d'autres restes de la cargaison.
Il les fit punir sur-le-champ, pour faire connaître aux étrangers que le dessein des habitans
n'était pas de leur faire tort dans leurs personnes
ni dans leurs biens. Chaque voleur reçut trente
ou quarante coups sur la plante des pieds, avec
un bâton de six pieds de long et de la grosseur
du bras. Ce châtiment fut si rigoureux, qu'il
en coûta les orteils à quelques-uns des coupables.

On fit entendre aux Hollandais qu'ils devaient se préparer à partir. On offrit des chevaux à ceux qui étaient en bonne santé, et les malades furent portés dans des hamacs. Ils se mirent en marche, accompagnés d'une garde nombreuse à cheval et à pied. Ils arrivèrent à Maggan, capitale de l'île où le gouverneur du pays fait sa résidence. Le secrétaire fut conduit devant ce gouverneur, avec quelques-uns de ses compagnons. Ils se tinrent quelque temps prosternés près d'une espèce de balcon où il était assis comme un souverain.

Nous ne suivrons pas les Hollandais dans toutes les circonstances où ils se trouvèrent pendant leur esclavage dans l'île de la Corée. Ils étaient tombés au pouvoir d'une nation peu hospitalière. La liberté est le besoin le plus pressant de tous les hommes. Le pilote et cinq de ses compagnons, moins observés que les autres, en se promenant dans un petit village voisin de la ville, aperçurent une barque assez bien équipée, qui n'avait personne pour la garder. Ils se rendirent aussitôt sur la barque sans aucune précaution. Ils parvinrent à la dégager d'un petit banc de sable qui coupait le passage ; mais, tandis qu'ils s'efforçaient de lever la voile, le mât et cette voile tombèrent dans l'eau. Ils ne laissèrent pas de les rétablir avec beaucoup de peine ; ils commençaient à se flatter du succès, lorsque le bout du mât se rompit. Ces délais ayant donné le temps aux habitans du village de se mettre dans une barque, ils eurent bientôt joint les fugitifs, qui, sans être effrayés du nombre et des armes, sautèrent dans la barque ennemie, et se flattèrent de pouvoir s'en saisir ; mais, la trouvant remplie d'eau et hors d'état de servir, ils prirent le parti de la soumission.

Ils furent conduits au gouverneur, qui les fit d'abord étendre à plat sur la terre, les mains liées à une grosse pièce de bois. Ensuite, s'étant fait amener tous les autres Hollandais, liés aussi et les fers aux mains, il demanda aux coupables si leurs compagnons avaient eu quelque connaissance de leur fuite. Ils répondirent non d'un air ferme : ceux regardés comme coupables protestèrent qu'ils n'avaient eu d'autres dessein que de se rendre au Japon. « Quoi, leur dit le gouverneur, vous auriez osé entreprendre ce voyage sans vivres et sans eau ? » Ils lui répondirent naturellement qu'ils avaient mieux aimé s'exposer à la mort une fois pour toutes, que de mourir à chaque moment. Là-dessus, ces malheureux reçurent chacun vingt-cinq coups sur les fesses nues, avec un bâton long d'une brasse et large de quatre doigts sur un pouce d'épaisseur, plat du côté dont on frappe, et rond du côté opposé. Les coups furent appliqués si vigoureusement, qu'ils en gardèrent le lit pendant plus d'un mois. Le gouverneur fit délier les autres; mais ils furent renfermés plus étroitement, et gardés jour et nuit.

Au bout de quelque temps, le gouverneur reçut ordre de faire conduire les Hollandais à la cour. On les embarqua dans quatre petits bâtimens, les fers aux pieds, et la main droite attachée à un bloc de bois. Arrivés enfin dans la ville de Sior, où le roi fait sa résidence, on détacha leurs fers, et ils furent présentés au monarque, qui leur fit plusieurs questions. Ils le supplièrent humblement de les faire transporter au Japon, d'où ils se flattaient qu'avec le secours des Hollandais qui y exercent le commerce, ils pourraient retourner quelque jour dans leur patrie. Le roi leur répondit que les lois de la Corée ne permettaient pas d'accorder aux étrangers la liberté de partir, mais qu'on aurait soin de leur fournir toutes leurs nécessités. Ensuite il leur ordonna de faire en sa présence les exercices pour lesquels ils avaient le plus d'habilité, tels que de chanter, de danser et de sauter; après quoi, leur ayant fait apporter quelques rafraîchissemens, il fit présent à chacun de deux pièces de drap pour se vêtir à la manière des Corésiens.

Les malheureux naufragés, encore au nombre de trente-cinq, furent comme forcés d'entrer dans les gardes du corps du roi ; en cette qualité, ils reçurent un mousquet, de la poudre, des balles, et on leur fournissait chaque mois une grande abondance de riz.

Enfin, après douze ans d'esclavage et de maux infinis, ils trouvèrent le moyen de se procurer une barque, avec quelques vivres et de l'eau douce, et s'échappèrent de la dernière ville où ils étaient détenus, la nuit du 4 septembre 1667, aussitôt que la lune eut cessé de luire ; et, se glissant le long du mur de la ville, ils gagnèrent le rivage au nombre de huit sans avoir été découverts. Il ne restait que seize Hollandais, de trente-six qui s'étaient sauvés du naufrage : les huits autres, qui ne purent s'échapper de la Corée, y moururent vraisemblablement : du moins on n'a jamais appris de leurs nouvelles.

Les courageux Hollandais, échappés de leurs fers, eurent la hardiesse de passer devant les vaisseaux de la ville, et devant même les frégates du roi, et prenant le large dans le canal autant qu'il était possible. Le 5 septembre, ils doublèrent la pointe de la Corée, et n'appréhendèrent plus d'être poursuivis ; néanmoins ils aperçurent plusieurs barques japonaises les suivre de près. Les gens de la première leur

demandèrent, par des signes, où ils allaient.
Pour réponse, ils arborèrent le pavillon jaune,
avec les armes d'Orange, en criant : Hollandais,
Nangazaki (but de leur voyage). Là-dessus, on
leur fit signe d'amener leur voile ; ils obéirent.
Deux hommes étant passés sur leur bord, leur
firent plusieurs questions qui ne furent pas entendues. Le soir, une barque amena sur leur
bord un officier qui tenait le troisième rang dans
l'île. Reconnaissant qu'ils étaient Hollandais, il
leur fit entendre par des signes, qu'il y avait
six vaisseaux de leur nation à Nangazaki, et
qu'eux-mêmes se trouvaient dans l'île de Goto,
qui appartenait à l'empereur du Japon. Ils passèrent trois jours dans le même lieu, gardés
fort soigneusement. On leur apporta du bois et
de la viande, avec une natte pour les mettre à
l'abri de la pluie qui tombait en abondance.

Le 12, ils partirent pour Nangazaki, bien
fournis de provisions, sous la conduite du même
officier qui les avait abordés. Il était accompagné de deux grandes barques et de deux petites.
Le 14, ils furent conduits au rivage et reçus
par les interprètes japonais de la compagnie
hollandaise, qui, leur ayant fait plusieurs questions, prirent leur réponse par écrit. Ils furent
menés ensuite au palais du gouverneur, devant
lequel ils comparurent. Lorsqu'ils eurent satis-

fait sa curiosité, par le récit de leurs aventures, il loua beaucoup le courage qui leur avait fait surmonter tant de dangers pour se mettre en liberté. Leur esclavage avait duré plus de douze ans. Les interprètes reçurent ordre du gouverneur de les conduire chez le commandant hollandais. Il les reçut avec beaucoup de bonté, ainsi que son lieutenant et tous leurs compatriotes : peu de jours après, ils partirent pour Batavia, où ils arrivèrent le 29 novembre. Le général, à qui ils présentèrent leur journal, leur fit un accueil très-favorable, et leur promit de les mettre à bord de quelques vaisseaux qui devaient retourner en Europe. En effet, s'étant embarqués le 28 décembre, ils arrivèrent à Amsterdam le 20 juillet 1668.

VIII. Naufrage du vaisseau hollandais le *Batavia*, commandé par *François Chelsart*, près les côtes de la Concorde dans la Nouvelle Hollande, en 1630.

Le capitaine François Chelsart, célèbre marin,
est cité pour un des premiers Européens qui
ont abordé à la terre Australe. La compagnie
hollandaise lui confia le commandement du
Batavia ; son équipage était de près de trois
cents personnes, en y comprenant les passagers
et quelques femmes et enfans : sa cargaison était
très-considérable. Le *Batavia* était compris dans
une flotte de onze vaisseaux sous les ordres du
général Carpentier.

La flotte partit du Texel le 28 octobre 1628.
En approchant du cap de Bonne-Espérance, une
tempête violente dispersa tous les vaisseaux qui
avaient été de conserve jusqu'alors. Chelsart,
fort inquiet du sort de la flotte dont il faisait
partie, gouvernait, après la tempête passée,
pour les rejoindre et continuer sa route, lorsque,
le 4 de juin 1630, il fut porté, pendant la nuit,
sur des rochers qui tiennent à la Nouvelle-Hol-
lande, près de la côte de la Concorde, dans la
terre Australe. Le capitaine était alors au lit,

5

très-incommodé d'une maladie de langueur. Il crut sentir, au mouvement extraordinaire du vaisseau, qu'il touchait; la frayeur le fit lever aussitôt et courir sur le tillac.

Toutes les voiles étaient hautes; la lune, élevée sur l'horizon, laissait apercevoir dans l'éloignement une écume fort épaisse. L'inquiétude de Chelsart augmentant, il appelle le pilote et lui reproche que sa négligence va les exposer à périr. Celui-ci s'excuse en disant qu'il avait fait bon quart; qu'il avait remarqué de loin la blancheur de cette écume, et que son matelot lui avait répondu, lorsqu'il avait demandé ce que c'était, qu'elle provenait des rayons de la lune. Chelsart lui demanda alors en quel endroit du monde se trouvait le vaisseau. Le pilote lui répondit: « Dieu seul le sait; nous sommes sur un banc inconnu. »

Dans cette extrémité, on jeta la sonde, il se trouva à l'arrière du vaisseau dix-huit pieds d'eau, et à l'avant beaucoup moins. Un danger si pressant avait rassemblé les officiers: on ne vit point d'autre parti à prendre que d'alléger le vaisseau, dans l'espérance qu'il se remettrait plus aisément à flot. Sur-le-champ on l'arrête avec une ancre, et on se met en devoir de jeter tous les canons à la mer. Tandis que les matelots étaient occupés de ce travail, il survint un orage de pluie

et de vent : ce fut alors que les Hollandais connurent tout le danger où ils étaient ; et qu'ils se
virent environnés de bancs et de rochers contre
lesquels le vaisseau heurtait à chaque instant.
On résolut de couper le grand mât, qui ne servait qu'à augmenter les secousses du navire.
Malheureusement, quoiqu'on eût observé de le
couper vers le pied, il fut impossible de le dégager des manœuvres. On n'apercevait point de
terre que la mer ne couvrît, à l'exception d'une
île que l'on jugeait à l'œil être éloignée de trois
lieues, et de deux autres plus petites, ou plutôt
deux rochers qui paraissaient plus proches. Le
pilote, qui fut envoyé pour les reconnaître, assura que la mer ne les couvrait point, mais
qu'entre tant de bancs et de rochers, l'accès en
serait fort difficile. On résolut néanmoins d'en
courir les risques, et de faire porter d'abord à
terre les femmes, les enfans et les malades,
dont les cris et le désespoir n'étaient propres
qu'à faire perdre courage aux matelots. Ils furent
embarqués avec beaucoup de diligence dans la
chaloupe et dans l'esquif.

Vers les dix heures du matin, on s'aperçut
que le vaisseau était entr'ouvert. Chelsart fit
redoubler les efforts pour porter de la soute sur
le tillac, le pain et les autres alimens. L'eau fut
négligée, parce qu'on ne s'imaginait pas qu'on

en manquerait à terre ; mais les matelots, dans un état si désespéré, ne songèrent qu'à se gorger de vin, qui était alors à l'abandon. Aussi ne put-on faire que trois voyages avant la nuit, et porter au rivage environ quatre-vingts personnes, vingt barils de pain et quelques petits barils d'eau; ces provisions furent même dissipées par l'équipage, à mesure qu'elles arrivaient dans l'île. Chelsart s'y rendit pour arrêter le désordre. Cette attention fut d'autant plus importante dans cette triste circonstance, qu'elle servit à lui faire connaître que l'île était sans eau. Il se remit en mer, et revenait avec une vive impatience, pour en faire transporter avec les plus précieuses marchandises du vaisseau, lorsqu'un grand vent et les flots soulevés l'obligèrent de relâcher au lieu d'où il était parti. En vain tenta-t-il plusieurs fois de retourner à bord, la mer brisait si rudement contre le vaisseau, qu'il lui fut impossible d'aborder. Un matelot s'étant jeté à la nage pour le joindre et lui représenter le besoin que le reste de ses gens avait de son secours, il renouvela plusieurs fois les mêmes efforts, mais, désespérant de surmonter la force des vagues, il se vit réduit à renvoyer le matelot à la nage, avec ordre de faire ramasser toutes les planches qui se trouveraient sur le vaisseau, de les attacher ensemble, et de les jeter dans les flots, afin qu'on pût les repêcher. Cependant l'orage augmentait toujours, et la perte de sa vie ne pouvait être d'aucune utilité pour les malheureux qui imploraient son assistance : il fut contraint de retourner à l'île et de laisser, avec une vive douleur, son lieutenant et soixante-dix personnes dans le péril le plus imminent. Ils trouvèrent le moyen de gagner une petite île, où ils ne vécurent qu'avec de grandes difficultés.

Ceux qui s'étaient crus heureux de pouvoir passer dans l'une ou l'autre des deux îles, n'y étaient guère en meilleure situation. En vérifiant la quantité de leur eau, ils n'en trouvèrent dans la petite île qu'environ cinquante pintes pour quarante personnes dont leur troupe était composée. Il y en avait encore moins dans la grande île, où le nombre des malheureux était de cent quatre-vingts. Chelsart ayant relâché dans la première, on lui représenta la nécessité d'employer la chaloupe et l'esquif à chercher de l'eau dans les îles voisines. Il en reconnut la nécessité, mais il déclara qu'il ne pouvait prendre cette résolution sans l'avoir communiquée à ceux de la grande île, qui tomberaient autrement dans le dernier désespoir, en voyant éloigner la chaloupe et l'esquif. Il eut beaucoup de peine à faire goûter cette généreuse idée; parce qu'on craignait qu'il ne fût retenu dans la grande île. Cependant, lorsqu'il eut déclaré qu'il périrait plutôt à la vue du vaisseau, que de laisser la plus grande partie de son équipage et de ses amis dans une incertitude pire que la mort, il obtint la liberté d'exécuter sa résolution. L'esquif approcha heureusement de la grande île ; mais ceux qui accompagnaient Chelsart lui dirent qu'ils ne lui permettraient pas de descendre à terre, et que s'il avait quelque chose à communiquer à l'autre troupe, il pouvait élever la voix pour se faire entendre. Il s'efforçait inutilement de se jeter dans l'eau pour gagner le rivage ; on le retint avec tant d'obstination, que, se voyant forcé de suivre la loi qu'on lui imposait, il prit le parti de jeter ses tablettes dans l'île, après y avoir écrit qu'il partait avec l'esquif pour aller chercher de l'eau dans les terres que la pitié du ciel pouvait lui faire rencontrer.

Il naviguait depuis plusieurs jours le long des côtes inaccessibles, lorsqu'ayant aperçu de loin beaucoup de fumée, il fit employer aussitôt les rames pour s'approcher du lieu d'où il la voyait s'élever. Il se promit de l'eau dans un canton qui devait être habité par des hommes ; mais il lui fut impossible d'en approcher, à cause de la violence des vagues. Dans le chagrin d'un si cruel obstacle, six de ces hommes, se fiant à leur adresse, sautèrent dans les flots, et gagnèrent enfin la terre avec beaucoup de peine et de danger, tandis que la chaloupe s'arrêta sur son ancre, à vingt brasses de fond. Ils employèrent tout le jour à chercher de l'eau, et dans leur course ils aperçurent quatre hommes qui s'avancèrent vers eux le ventre à terre, c'est-à-dire en marchant sur les pieds et les mains comme des animaux. Ils ne les reconnurent pour des créatures humaines, qu'après les avoir effrayés par quelques mouvemens qui les obligèrent de se lever pour prendre la fuite. Ces sauvages sont noirs et tout-à-fait nus. Les six Hollandais, n'ayant pu découvrir aucune trace d'eau, rejoignirent Chelsart à la nage, blessés et meurtris du choc des vagues et des rochers.

La presque inutilité de ses recherches fit prendre à Chelsart le dessein de se rendre promptement à Batavia, où ils espéraient, par le récit de leurs malheurs, procurer des secours plus utiles à ceux qu'ils avaient laissés dans les îles. Une rencontre qu'ils firent bientôt leur parut d'un heureux augure pour le succès de leur voyage. A la vue des côtes de Java, et presque à la chûte du jour, ils découvrirent une voile derrière eux; on reconnut, avec la plus grande satisfaction, qu'elle tenait la même route: sur-le-champ ils jetèrent l'ancre, résolus de l'attendre. Le lendemain, aux premiers rayons du soleil, Chelsart fit ramer vers ce vaisseau.

Il était hollandais, et accompagné de deux autres, tous trois appartenant à la compagnie. Chelsart aborda le principal, et fut reconnu par un conseiller de Batavia. Le récit de leur infortune, et plus encore le motif qui avait fait entreprendre à Chelsart une course si périlleuse, touchèrent sensiblement le magistrat ; il promit de l'appuyer au conseil de Batavia, et le retint auprès de lui jusqu'au débarquement. A leur arrivée, Chelsart et son équipage pensèrent moins à se reposer de leurs fatigues qu'à solliciter pour ceux qu'ils avaient abandonnés.

Cependant il se passait une horrible scène dans les trois îles où ils avaient laissé cette malheureuse troupe. Le sous-commis du vaisseau, nommé Cornélis, engagea la plus grande partie de ses compagnons à se réunir à lui et à se rendre indépendans. Cet homme atroce prit ses mesures avec une si cruelle prudence, qu'il en fit égorger trente à quarante avant qu'ils eussent conçu la moindre défiance de sa perfidie. Ceux qui échappèrent au massacre se sauvèrent sur quelques pièces de bois dans l'île, où un jeune officier, nommé Weybe-Hays, militaire rempli de résolution et de fermeté, s'était retiré avec quarante hommes.

Chelsart ne perdait point de temps à Batavia: ses ardentes sollicitations lui avaient enfin fait obtenir du conseil une frégate, et d'habiles plongeurs de Guzarate. Il mit la plus grande activité à la charge des provisions, et à appareiller. Le vaisseau, poussé par un vent favorable, fut bientôt rendu sur les rochers d'Outhman. Le capitaine avait été absent plus de deux mois; mais il reconnut sans peine des lieux que sa sensibilité lui présentait sans cesse avec inquiétude et intérêt. A son arrivée, il remarqua de la fumée dans une des îles, ce qui fut une douce satisfaction pour lui, et le persuada que tous ceux qui avaient échappé au naufrage n'étaient pas morts. Le premier soin de Chelsart fut de jeter l'ancre et de se mettre dans l'esquif, avec du pain et du vin, pour aborder à cette île; mais, dans la traversée, il fut joint par un canot monté de quatre hommes: c'était le brave Weybe-Hays qui venait le prévenir des scènes d'horreur qui s'étaient passées pendant son absence; que l'acharnement des rebelles continuait toujours, et que le matin même il avait encore essuyé une attaque; il l'instruisit aussi de l'horrible complot de ces déterminés, qui avaient résolu de s'emparer de lui et de son vaisseau à son arrivée.

Le capitaine, indigné, revira promptement vers la frégate. Il y était à peine remonté, et venait de donner ses ordres pour une vigoureuse défense, qu'il découvrit deux chaloupes des re-

5..

belles qui s'avançaient vers lui, montées par des hommes armés. Lorsqu'ils furent à la portée de la voix, il leur demanda pourquoi ils abordaient le vaisseau les armes à la main. « Nous vous le dirons lorsque nous serons à bord. » Le capitaine, justement irrité, leur ordonna de les jeter à la mer, sinon qu'il allait les couler à fond. Le ton de menace et les forces qui le soutenaient leur firent prendre le parti de la soumission : ils jetèrent leurs armes et montèrent dans le vaisseau, où ils furent aussitôt mis aux fers. Un de leurs chefs nommé Jean de Bremen, qui fut interrogé le premier, parce qu'il avait eu l'audace de menacer ceux qui l'enchaînaient, avoua qu'il avait égorgé ou aidé à assassiner vingt-sept hommes. Le soir même, Weybe-Hays amena à bord le traître *Cornélis*, son prisonnier. On était au 7 septembre.

Le lendemain, le capitaine et le pilote prirent des bateaux, et s'étant renforcés de la troupe de Weybe-Hays, ils passèrent à l'île des conjurés, où était le reste de la troupe de *Cornélis.* Ceux qui étaient demeurés perdirent courage aussitôt qu'ils virent aborder leur capitaine : ils rendirent les armes et se laissèrent mettre aux fers.

Après cet acte d'autorité, Chelsart donna tous ses soins à la recherche des marchandises et effets précieux appartenant à la compagnie, et dispersés dans l'île. Ils ne furent point infruc tueux : tout fut retrouvé. Ensuite il se porta sur le lieu du naufrage ; il eut la douleur de voir le *Batavia* en mille pièces, la quille enfouie dans le sable, une partie de l'avant du vaisseau jetée par les vagues sur le rocher, et d'autres débris encore flottans. Un des matelots dit à Chelsart qu'un des jours de son absence, et le seul où ils eussent éprouvé un beau temps, étant allé pêcher, le bout d'une pique avait donné contre une caisse remplie d'argent. Cette décou- verte ranima l'espérance du capitaine ; il se flatta de la recouvrer, ainsi que les autres. Le temps n'étant pas favorable, on résolut de différer cette recherche.

Le lendemain, Chelsart fit passer à la troupe de Weybe-Hays, dans son île, appelée depuis l'île de Weybe-Hays, les provisions dont elle manquait.

Le 25 septembre, le capitaine et le pilote, accompagnés de plongeurs guzarates, retour- nèrent aux débris : le ciel était serein et la mer calme ; ils s'en approchèrent à la basse marée. Dès les premiers efforts, on retrouva une caisse, une seconde fut encore repêchée de même, et on eut le bonheur d'en retirer ensuite trois autres.

Un vent violent soufflait du sud, et ne permettait point de travailler dans les débris : mais il était favorable pour gagner Batavia. Chelsart, voulant en profiter, fit assembler le conseil. Le résultat fut de mettre promptement à la voile ; on décida aussi de juger les prisonniers rebelles. Leur nombre et l'inquiétude que donnaient les marchandises et les effets qu'on avait sauvés du naufrage, l'emportèrent sur la considération qui était due au tribunal de la compagnie. D'après ces motifs, les coupables furent jugés et condamnés à être pendus. La sentence fut exécutée le 29. Le lendemain, Chelsart leva l'ancre avec un vent favorable. Il arriva en peu de temps, et ne tarda pas à faire voile pour sa patrie.

❀❀❀❀❀❀ᴑᴑᴑᴑᴑᴑᴑᴑᴑᴑᴑᴑᴑᴑᴑᴑᴑᴑ●ᴑᴑᴑ●ᴑᴑᴑᴑᴑᴑᴑᴑᴑᴑᴑᴑᴑᴑᴑᴑ

IX. Naufrage de la chaloupe du vaisseau français *le Tau-reau* dans une baie du cap Vert, sur la côte occidentale d'Afrique, en 1665.

Une flotte, composée des vaisseaux *le Saint-Paul*, *le Taureau*, *la Vierge*, *le Bon-Port*, et *l'Aigle-Blanc*, expédiée de France par la compagnie des Indes, arriva heureusement, le 3 mars 1665, à la vue du cap Vert. Les quatre vaisseaux entrèrent le lendemain dans la première baie après le cap, et mouillèrent à une demi-lieue du rivage. Aussitôt quatre chaloupes, chargées d'officiers, de soldats et de matelots, voguèrent vers un endroit de la côte où plusieurs nègres les attendaient sans armes, et leur montraient l'abord le plus facile. Les chaloupes étant arrêtées à plus de six toises de la terre par le sable et la basse mer, une foule de nègres se jetèrent dans l'eau avec tant d'empressement pour transporter les Français au rivage, que les matelots mêmes y furent transportés aussi. Après avoir témoigné beaucoup de joie de l'arrivée de la flotte, ils firent entendre, en langue portugaise, que leur alcade ou vice-roi du canton aimait les Français, et qu'il recevrait volontiers leur visite.

Véron, amiral, Rennefort, auteur de la relation du voyage, escortés par douze fusilliers se firent conduire dans un village éloigné de six cents pas environ. Il était composé de près de cent cases rondes, de quatre à cinq pieds de hauteur. Les Français trouvèrent l'alcade assis sur une petite sellette de bois, au milieu de la cour de sa maisonnette. L'alcade était un nègre âgé d'environ quarante ans, bien fait, d'une contenance fière et sérieuse. Sa tête était couverte d'un turban de coton blanc et bleu et ses épaules d'une sorte de tapis ou d'étoffe informe. Une autre pièce, connue sous le nom de pagne, le couvrait depuis la ceinture jusqu'aux genoux. Ses jambes et ses bras étaient nus, et sous ses pieds il avait un morceau de cuir qui lui tenait lieu de sandales. Ses officiers étaient à terre les uns étendus, d'autres assis sur leurs talons. Le principal conseiller, âgé de quatre-vingt-huit ans, se tenait accoudé sur les genoux de son maître.

Après les premières civilités, que l'alcade reçut et rendit gravement sans quitter sa sellette, les Français lui présentèrent un flacon d'eau-de-vie. Il en but un grand coup, et le conseiller ayant suivi son exemple, à peine en resta-t-il pour le troisième. On convint ensuite de payer six bouteilles d'eau-de-vie, six aunes de toile, et une barre de fer , pour le droit d'ancrage de chaque chaloupe. Pendant cet entretien , les femmes de l'alcade , qui étaient dans leurs cases, d'où la curiosité leur faisait montrer la tête à chaque instant, lui firent dire qu'elles désiraient beaucoup de voir les Français. Il leur accorda cette satisfaction ; elles étaient vêtues à peu près comme les hommes.

Dans l'intervalle de la visite de l'amiral à l'alcade , les Français restés à bord furent témoins de la scène la plus affligeante. Quelques matelots de l'équipage du *Taureau*, et plusieurs passagers, au nombre de trente , étaient descendus dans la chaloupe : leur projet était de gagner la terre et de satisfaire leur curiosité sur l'intérieur du pays : M. Bossordéc , un des deux missionnaires qui étaient sur le vaisseau , les accompagnait. Pendant le trajet , plusieurs jeunes gens s'étant poussés imprudemment, la chaloupe, trop surchargée d'un côté, fut prise d'une vague par le travers , et renversés dans les flots. Le sieur *Le Tourneur* , lieutenant du vaisseau, était alors occupé à faire jeter des filets près du rivage , et la pêche avait déjà fourni de quoi rassasier plus de cent cinquante personnes , lorsqu'un coup de canon tiré à son bord lui fit abandonner cet amusement. Il vit le pavillon en berne , signal de détresse ; une chaloupe assez éloignée, la quille en haut, des barils qui flottaient, et des hommes à la nage, dont les uns s'efforçaient de gagner la terre, et les autres de retourner vers le navire. Le Tourneur, justement alarmé du danger que couraient ces malheureux, se hâta de regagner le vaisseau. On avait déjà envoyé au secours avec la plus grande célérité les chaloupes qui étaient restées, et des canots conduits par des nègres. Ces petits bâtimens arrivèrent fort à propos à l'endroit du naufrage; plusieurs de ceux qui savaient nager commençaient à perdre leurs forces. Dix-huit Français furent sauvés, mais il en périt douze.

Parmi les particularités de ce naufrage, deux traits de générosité frappèrent vivement ceux qui en furent témoins. Un jeune Français nommé Plason, qui nageait parfaitement bien, voyant près de lui un autre jeune homme de ses amis qui ne savait pas nager, oublia le péril où il était lui-même pour le secourir, et lui dit de s'attacher à ses habits; mais les forces lui manquèrent, et ils périrent ensemble. Rare exemple d'amitié! s'écrie l'auteur de la relation du voyage.

Un autre Français, nommé Giron de la Martinete, joignit plus de prudence au même sentiment de générosité. Le fils du sieur Montauban, jeune enfant de dix ans, allait périr à ses yeux: il le prit d'un bras, et, nageant de l'autre, il le monta sur la quille de la chaloupe renversée.

Ensuite lui ayant recommandé de se laisser tourner par le mouvement de la vague, et de ne pas quitter le bois qu'on ne le vînt prendre, il se remit lui-même à la nage. Son adresse autant que sa force lui fit atteindre un canot, dans lequel il monta. A peine y était-il que ce frêle bâtiment lui paraissant surchargé de cinq hommes qui s'y trouvaient déjà, il ne balança point à s'élancer encore dans la mer pour nager bien loin vers le rivage; il eut le bonheur d'aborder à terre. Une chaloupe y mena aussi le jeune Montauban, dont la vie rendit témoignage à la générosité de son libérateur.

De tous ceux qui furent la victime de ce funeste événement, aucun n'excita des regrets plus vifs que M. Bossordée. Ce missionnaire s'était fait aimer et estimer par ses manières affables, son zèle et sa prudence. Au retour des chaloupes, lorsqu'on se fut rendu certain qu'il était disparu au fond des eaux, le deuil fut universel dans toute la flotte. Les échappés du naufrage l'augmentèrent encore, en rapportant les circonstances de sa mort; elles sont trop glorieuses à l'humanité, et en même temps trop édifiantes, pour ne pas les présenter à la sensibilité de nos lecteurs.

M. Bossordée n'était point d'abord de la partie de ceux qui descendirent dans la chaloupe pour

aller à terre ; mais lorsqu'il sut que leur projet
était de passer deux ou trois jours sur la côte,
il s'offrit de lui-même à les accompagner, tant
pour contenir ces jeunes gens, la plupart vifs
et folâtres, en leur rappelant la solennité du
jour (c'était le jeudi-saint, 4 mars 1665), et
celle du lendemain, que pour leur administrer
au besoin les secours spirituels. La chaloupe à
peine renversée, et ceux qui la montaient devenus le jouet des flots, le rivage et les vaisseaux
trop éloignés pour en recevoir un prompt secours, cet homme vraiment apostolique résolut de sacrifier sa vie pour sauver celle des
autres, ou au moins pour les préparer à une
mort certaine : vigoureux et habile nageur, il
n'usa de ces avantages que pour le salut des
malheureux qu'il voyait près de devenir la proie
de la mer. Il s'élance au milieu d'eux, élève la
tête, et leur crie à tous d'offrir leur vie à Dieu,
de se souvenir que, dans ces jours de deuil pour
l'Eglise, Jésus-Christ était mort en expiation
des péchés des hommes ; qu'il était de la plus
grande importance pour eux, dans ces derniers
momens, de former un acte de repentance de
ceux qu'ils avaient pu commettre. Il ajouta qu'il
allait donner une absolution générale. Il la
donna effectivement avec des paroles si touchan-
tes et tant d'effusion de cœur, que tous en furent pénétrés ; ensuite il se tourna vers ceux

qui lui paraissaient perdre le courage ou les
forces, et, allant de l'un à l'autre, il les sou-
tenait d'une main, et nageant quelques instans avec eux, il les exhortait à ne se point
laisser aller au désespoir, et à avoir confiance
en la miséricorde divine. M. Bossordée continua
cette mission pendant près de deux heûres :
alors les forces lui manquèrent, il donna encore
l'absolution à ceux qui étaient à sa portée, et,
collant sa bouche sur un petit crucifix qu'il portait toujours suspendu à sa poitrine, on le vit
tout-à-coup disparaitre dans les flots. Si cet
homme vénérable ne s'était occupé que de lui
seul au milieu du danger, il aurait certainement
pu gagner le rivage.

Quelques heures après le retour des chaloupes, on aperçut dans l'éloignement, à peu de
distance du lieu du naufrage, un corps qui
flottait : plusieurs matelots furent envoyés pour
le recueillir ; c'était celui de M. Bossordée. Il
avait conservé la même attitude qu'il avait eue
dans ses derniers momens, une main sur sa
poitrine, et la bouche collée sur le crucifix
qu'il portait. Les restes de cet homme apostolique, rendus comme par un miracle, furent
reçus dans le vaisseau avec tous les sentimens
de la vénération et de la douleur. Presque tous
les passagers et les matelots lui baisèrent les
mains et les pieds, en les arrosant de leurs larmes.

X. Naufrage du vaisseau hollandais *le Laosdun*, à l'embouchure du *Gange*, en 1672, et aventures de *Lestra*, navigateur français.

Lestra forma le dessein de passer dans les Indes pour satisfaire une louable curiosité. Il s'embarqua au Port-Louis, en Bretagne, le 4 de mars 1672, pour Surate, sur le vaisseau de la compagnie française *le Saint-Jean-Baptiste*, commandé par le capitaine Herpin. L'équipage était de deux cent cinquante hommes. Il arriva au cap Vert le 16 de mai, et à Surate le 26 d'octobre. La France avait alors deux comptoirs dans les Indes. Les directeurs français, anglais et hollandais qui arrivaient dans les comptoirs de leur nation, étaient obligés, en rendant visite au gouverneur indien de la ville, d'observer quelques cérémonies humiliantes, et surtout de laisser leurs souliers à la porte d'une grande salle, pour marcher sur des tapis de brocart d'or. Mais, en 1667, un directeur français se délivra de cette servitude, en prenant des mules fort riches, avec lesquelles il ne fit pas difficulté de fouler aux pieds le faste indien : les autres suivirent son exemple.

Lestra passa deux mois entiers à Surate, jus
qu'au 26 décembre. Dans le cours de l'année
de 1672, il parcourut les mers et les principales
contrées de l'Indoustan. Embarqué comme prisonnier, ainsi que plusieurs de ses compatriotes,
sur le vaisseau hollandais de Laosdun, ce vaisseau n'attendait qu'un vent favorable pour traverser l'embouchure périlleuse du Gange,
lorsque, le 17 septembre, le vent devint si con
traire, que, malgré toute l'attention des matelots, le navire échoua sur un banc de sable.
La marée et les lames d'eau l'élevaient de la
hauteur d'une pique, et le laissaient retomber
sur le banc avec tant de violence, que les mâts
les plus forts et les hauts bords furent brisés. Le
capitaine, pénétré de douleur et les larmes aux
yeux, cria plusieurs fois : « *Sauve qui peut, et
sauve sans hardes !* ce qui causa beaucoup de
confusion, parce que chacun voulut se jeter
dans la grande barque, qui n'avait pas encore
été retirée à bord. Les Hollandais repoussaient
les prisonniers, et parlaient de les laisser périr
avec un grand nombre des esclaves qu'on avait
achetés à Bengale ; mais le capitaine opposa
toute son autorité à cette violence, et recom-
manda aux Français de lui porter leurs plaintes,
si quelqu'un manquait à l'obéissance jusqu'au
dernier moment. Il ordonna même à un P. Guillaume, capucin, de faire le devoir de son mi-

nistère. Ce vertueux moine donna l'absolution
à tous ceux qui voulurent la recevoir, malgré
les railleries des matelots hollandais, qui s'ef-
forcèrent de le pousser dans la mer, criant aux
Français qu'ils pouvaient mourir, puisque le
père allait leur montrer le chemin. Ainsi leur
brutalité semblait braver le péril. Cependant
il ne pouvait être plus pressant. Le subrécargue
(le commis-Marchand) n'ayant pu tirer de sa
chambre des sacs remplis d'or, et sachant que
le navire venait de se fendre, se précipita dans
la grande barque avec deux pilotes, et s'étant
armé d'un sabre, il voulut empêcher le reste
de l'équipage d'y pénétrer à sa suite. Lestra y
descendit avec le P. Guillaume et les autres
Français; ils s'y trouvèrent extrêmement pressés
par le nombre qui montait à cent dix hommes.
Le capitaine s'embarqua le dernier dans sa chaloupe, avec vingt-cinq hommes et les plus habiles nageurs; mais ils eurent le malheur de
périr.

Ce qu'il y eut encore de déplorable dans ce
naufrage, ce fut la perte d'environ cent jeunes
esclaves des deux sexes, tous entre dix-huit et
vingt ans. La plupart des filles étaient propre-
ment vêtus, à la manière de Bengale, avec de
longs pagnes de différentes couleurs, des col-
liers, des bracelets et une sorte de coiffure qui

n'est pas sans agrément. Elles se couvrirent le visage, et mêlant leurs prières à celles des garçons qui invoquaient le secours de leurs dieux, cette malheureuse troupe se jeta dans la mer, à l'exception de sept jeunes hommes qui se mirent sur un mât de hune, à la faveur duquel ils gagnèrent, avec des planches qui leur servirent de rames, une île du Gange. Ils avaient passé cinq jours et cinq nuits à la merci des flots, et sans aucune nourriture qu'un peu de riz, que l'un d'entre eux avait emporté dans un sac pendu à son cou.

Le vent changea le jour suivant; on s'approcha de la terre, où Lestra et les autres eurent la liberté de descendre pour attendre quelques navires faisant route à Batavia. Ils se reposèrent pendant quelques jours.

Après un grand nombre de traverses, l'auteur de la relation revint en France. Guéri de sa passion pour les voyages, il n'eut plus d'ardeur que pour aller chercher le repos dans sa maison, où il arriva le premier août 1675.

XI. Relation du naufrage d'une frégate espagnole sur les côtes de la *Nouvelle-Espagne*, entre l'île de Cagno et le port de la Caldera, mer du Sud, en 1678.

« Je sortis de Lima, capitale du Pérou, en 1678, pour me rendre à Callao, et m'y embarquer sur une frégate que je devais commander, dit un capitaine espagnol, dont Lionnel Walfer, chirurgien anglais, rapporte les propres expressions dans l'histoire de ses voyages. Cette frégate était chargée de farine, de fruits, d'un grand nombre de caisses et de confitures. Nous mîmes à la voile le 10 mai, et, croyant arriver, comme à l'ordinaire, en moins de neuf jours à la Caldera, nous nous trouvâmes, au bout de quinze, obligés de jeter l'ancre à l'embouchure du Menglarès, qui descend de Chiriqui, haute montagne fameuse par ses mines d'or. Là je descendis avec quelques personnes de l'équipage, pour me fournir des provisions qui commençaient à manquer.

» Nous étant remis en mer, nous fûmes extrêmement battus des flots durant les huit jours qui devaient suffire à notre compte, pour arriver au port où nous devions nous rendre. Le

neuvième, sur les quatre heures du soir, nous
fûmes assaillis de furieuses bourrasques, et,
sans pouvoir nous en défendre, l'orage et la mer
nous poussèrent sur une côte si remplie d'écueils,
que, si nous eussions été jetés une portée de
mousquet plus avant, le vaisseau se serait brisé
en mille pièces, et nous aurions tous péri, n'y
ayant aucune plage sur cette terre hérissée de
rochers. Pour nous délivrer d'un danger si pressant, nous jetâmes aussitôt la chaloupe en mer,
et nous tâchâmes de la remorquer en pleine
mer, à l'aide de huit rameurs des plus vigoureux. Nous y travaillâmes avec tant de concert
et de diligence, que nous réussîmes. La tempête
et les efforts que nous avions faits pour nous
tirer de ce dernier péril nous avaient fort fati-
gués; aussi nous trouvâmes-nous dans un si
grand épuisement, que, vers le minuit, sans
savoir comment, le vaisseau, par la mauvaise
garde qu'on y faisait, passa parmi des écueils,
et porta sur l'un d'entre eux, en glissant avec
tant d'impétuosité, que tous les sabords du côté
de bâbord en furent brisés.

« Au bruit que nous entendîmes, nous nous
crûmes perdus, nous imaginant, avec assez de
raison, que la quille avait touché; mais nous
ne pûmes nous en éclaircir sur-le-champ, parce
que la nuit était si obscure, qu'on ne pouvait

rien discerner. La persuasion de notre malheur nous fit passer le reste de la nuit dans la plus grande inquiétude, quoique l'orage se fût dissipé. Heureusement le jour étant venu, nous connûmes que nous avions eu plus de peur que de mal. Le vent ayant paru alors être favorable, je fis rehausser les voiles : mais nous n'en jouîmes pas long-temps, car, dans les quatre jours suivans, il changea plus de six fois. Enfin, après avoir bien louvoyé de côté et d'autre, nous nous retrouvâmes à l'embouchure de la même rivière où nous avions renouvelé nos provisions.

» Nous comptions arriver en deux jours au port tant désiré de la Caldera ; mais les hommes sont sujets à se tromper dans leur jugement. Il arriva que le ciel, qui était clair et serein, changea tout-à-coup. Le soleil venait de quitter l'horizon, lorsque le pilote fit baisser les voiles craignant la tempête dont nous menaçait une petite nuée noire qui s'approchait : elle ne fut pas plutôt sur nous, que, s'étendant et ouvrant son sein, elle versa sur la frégate des torrens de pluie, éclairant et tonnant d'une manière à causer de l'épouvante aux plus intrépides. Il se faisait un mélange de lumière et d'obscurité, qui, nous frappant d'horreur, ne laissait pas de nous aider, parce que les éclairs qui nous environnaient en quelque sorte, nous éclairaient à faire la manœuvre. Nous nous fatiguions cependant sans que cela nous fut d'aucune utilité: nous prîmes donc le parti de laisser voguer notre misérable bâtiment au gré du vent et des flots.

» Enfin l'orage cessa avec le jour ; mais comme le soleil était couvert, et que la même nuée nous environnait toujours, nous ne pouvions nous promettre du beau temps. Le pilote voulut tâcher de découvrir à quelle hauteur nous étions ; mais, quelques observations qu'il pût faire suivant les règles de son art, il ne put même s'éclaircir par conjectures. Je le fis appeler dans ma chambre, et lui demandai si nous ne ferions pas mieux de chercher sur la côte quelque lieu sûr, et qui fut à couvert du vent et de la marée, pour nous y retirer jusqu'au retour du beau temps, plutôt que de nous opiniâtrer à errer ainsi à l'aventure, dans l'incertitude et dans le danger d'un orage qui pourrait enfin causer notre perte. Le pauvre homme, les larmes aux yeux, ne put me répondre autre chose, sinon que ses péchés étaient sans doute la cause du mauvais succès de notre voyage, et qu'il ne savait que faire, parce que les matelots ne voulaient pas lui obéir ; je les fis appeler, et, les ayant questionnés, ils répondirent tous qu'ils croyaient être fort proche de la Caldéra, comme on pourrait le reconnaître dès que le soleil se découvrirait.

» Dans cette espérance, nous continuâmes de croiser de côté et d'autre sur la même hauteur, durant cinq jours. Le sixième parut serein tel qu'on pouvait le souhaiter. Alors le pilote observa le soleil et sa boussole ; il nous assura que nous n'étions certainement qu'à dix lieues du port et que bientôt nous découvririons la terre. Nous déployâmes aussitôt toutes les voiles ; néanmoins nous naviguâmes jusqu'à la nuit sans l'apercevoir. Le lendemain il persista encore dans son sentiment jusqu'à midi, qu'il découvrit de hautes montagnes qu'il fut près de deux heures à pouvoir reconnaître. Enfin, après les avoir bien observées, il dit avec beaucoup de trouble et d'altération, que c'étaient les montagnes de Chiriqui, où les courans nous avaient encore rejetés.

Il n'est pas concevable quel fut le chagrin de tous les passagers quand ils apprirent cette désagréable nouvelle. Ils firent des imprécations contre le pilote et contre moi, et nous eûmes assez de peine à calmer leur colère. On proposa de nous arrêter à Chiriqui, et qu'ensuite nous pourrions continuer notre navigation avec plus de bonheur. Le pilote, venant à l'appui de la

proposition, plus hardi ou plus effronté que
jamais, jura qu'il arriverait au port de la Caldéra avant qu'il fût cinq jours. Nous étant encore
munis de vivres, nous mîmes à la voile. Dès le
lendemain il s'éleva un vent si gai, qu'avec une
partie des voiles seulement nous crûmes avoir
fait une des plus grandes journées de notre navigation : mais le jour d'après, le ciel se couvrit
de nouveau, le vent cessa et le plaisir que nous
avions ressenti d'aller si vite fut bien diminué
quand nous aperçûmes, au bout de douze jours,
que nous n'avions pas fait beaucoup de chemin.
les courans contraires nous faisaient presque
autant reculer la nuit que nous avions avancé
le jour. Cependant les provisions se consommè-
rent et nous n'étions plus à Chiriqui pour en
prendre de nouvelles. Enfin la nécessité vint à
un point que n'ayant plus pour nourriture qu'un
peu de maïs, il fut partagé entre nous à portions
égales. Cela étant consommé il fallut composer
une capilotade des membres coriaces d'un vieux
barbet qui avait fait jusque là mes délices. Tout
l'équipage se jeta avec avidité sur ce mets peu
ragoûtant, et chacun n'en eut pas sa suffisance.
L'équipage était abondamment pourvu de vin ;
aussi l'usage immodéré qu'on en avait fait, n'a-
vait pas peu contribué au mauvais gouvernement de la frégate.

» Tandis que les matelots et le pilote buvaient sans mesure, au milieu d'une nuit noire, les passagers et moi nous dormions dans la plus grande sécurité. Cependant, vers les deux heures après minuit, m'étant réveillé en sursaut au bruit des vagues qui frappaient avec impétuosité contre les rochers de la côte, je m'écriais tout étonné : « Qu'est-ce donc que ceci, seigneur pilote ? Entrons-nous déjà dans le port ? » A cette demande, deux ou trois fois réitérée, le pilote sortit de son ivresse, et, s'étant levé de dessus sa chaise pour s'en éclaircir, il vit avec épouvante la frégate si mal conduite, qu'elle allait heurter contre un roc qu'on avait eu peine à distinguer jusque là, à cause de l'affreuse obscurité que répandait aux environs l'ombre d'une haute montagne couverte d'arbres. Il cria aussitôt aux matelots : « Tourne-arrière » ; mais il n'était plus temps : et notre infortuné bâtiment, poussé avec violence par le vent et la marée, heurta presque dans le moment contre l'écueil, et d'une telle force, qu'un des côtés en fut fracassé ; une montagne d'eau, qui venait se briser contre le rocher, s'élevant, au retour, du côté de la frégate, entra dans la chambre de poupe par les ouvertures des côtés, et l'inonda tout entière.

» Alors ce ne fut, dans le vaisseau, que clameurs effroyables et désolation. Rien ne peut

egaler le trouble et la confusion qui régnaient
par tout ; quelques-uns , réveillés en sursaut ,
criaient comme les autres , quoique à demi endormis et sans savoir encore pourquoi. Le bruit,
l'obscurité, les gémissemens , tout augmentait
l'effroi. Ce qu'il y avait de plus déplorable, c'est
que nous voyions bien tous que nous étions
perdus, et que nul ne pouvait dire par quel
étrange revers , près d'entrer dans le port, nous
étions engloutis par les eaux ; moi-même je n'en
savais pas plus que les autres. Dans une si grande
consternation, les uns , à genoux sur le tillac ,
poussaient des vœux au ciel pour leur salut ;
d'autres , les mains jointes , demandaient à Dieu
miséricorde ; quelques-uns même révélaient à
haute voix leurs péchés les plus secrets.

» Pour moi, je conservai le sang-froid que
Dieu m'a donné, et que j'ai le bonheur de ne
jamais perdre, en quelque péril que je me
trouve. Voyant qu'ils allaient tous périr, faute
de prendre le seul parti qui leur convenait dans
l'extrémité où nous nous trouvions , j'encoura-
geai ces malheureux à travailler utilement et
diligemment à se sauver. Je leur persuadai d'a
bord de couper les mâts, et de nous saisir de
toutes les planches, poutres et autres choses qui
pouvaient nous soutenir sur l'eau, et nous aider
à gagner à la nage quelque lieu du rivage qui

fût propre a aborder ; j'ordonnai ensuite qu'on jetât à la mer tout ce qui, par sa pesanteur, pouvait faire submerger trop promptement le vaisseau. Avec ces précautions et le secours des pompes, je retardai le naufrage jusqu'aux premiers rayons de l'aurore.

» Mais ce qui nous servit plus que tout le reste, ce fut le conseil que je leur donnai de prendre à deux une longue et menue corde qu'ils tenaient chacun par un bout. Cet expédient sauva la vie à plusieurs ; car lorsque la frégate, ouverte de tous côtés, eut coulé bas malgré le secours des pompes, tout le monde se voyant obligé de se jeter à la nage sur les planches ou rouleaux de bois dont on pouvait se saisir pour essayer de gagner la terre, il arriva que le premier qui y abordait, tirait après lui son compagnon, qui tenait l'autre bout de sa corde, et qui fort souvent était sur le point de se noyer. Je tirai de cette manière le pilote, quoiqu'il ne le méritât point. Nous échappâmes presque tous de ce danger, à la réserve de cinq ou six qui furent poussés avec violence par des coups de mer, en donnant de la tête contre les écueils et contre le vaisseau même.

» Quelques heures après le naufrage, la marée s'étant retirée, laissa la frégate presque à sec, de sorte qu'il nous fut aisé de retirer tout ce qu'il y avait dedans , et de le transporter à terre ; mais nous commençâmes par rendre grâces à Dieu de nous avoir conservé la vie. Après quoi , j'invitai mes camarades à choisir quelqu'un d'entre eux pour les gouverner (le capitaine d'un vaisseau brisé ou submergé perd son commandement). Ils me prièrent tous, d'une commune voix , de prendre ce soin.

» Je résolus d'aller à la découverte avec quel. ques-uns de mes gens. Il nous fallut marcher dant des bois très-épais , dans des chemins difficiles , et traverser cinq ou six fleuves sur des radeaux. J'étais excédé de fatigues, j'avais les pieds déchirés ; mes compagnons avaient eu la complaisance de me porter tour-à-tour, quoique je les eusse conjurés de me laisser sur la route. J'eus lieu de connaître combien il est utile de se faire aimer de ses inférieurs. Trois matelots furent envoyés à la découverte d'une riche ferme , que le pilote nous avait assuré située à quatre lieues du lieu où nous étions , et appartenant à un bourgeois de la ville d'Esparza, dans la province de Costarica. Pour le coup notre pilote avait eu raison ; nous vîmes paraître sur la rivière, au bord de laquelle nous étions restés, un grand radeau monté de plus de vingt personnes conduites par l'aimable curé de la ville d'Esparza. Ce digne pasteur , poussé par un

6..

mouvement de charité, venait au-devant de nous
avec ses domestiques et ses amis, et toutes les
provisions qu'il avait pu ramasser.

» Comblé des attentions et des soins de personnes généreuses, pour qui la bienfaisance
n'est pas un mot vide de sens, je passai un mois
à Esparza ; j'en partis avec de bons guides et
des lettres de recommandation pour le vice-roi
de la Nouvelle-Espagne. »

XII. Naufrage de *Doccum Chamnan*, mandarin siamois, au cap des *Aiguilles*, à l'extrémité méridionale de l'Afrique, en 1686.

« Le roi de Portugal ayant envoyé au roi de Siam une célèbre ambassade pour renouveler leurs anciennes alliances, et aussi pour des vues de commerce, dit le mandarin Doccum Chamnan, dont le jésuite Tachard a écrit la relation sous sa dictée, le monarque siamois se crut obligé de répondre à cette marque extraordinaire de considération, en faisant partir trois grands mandarins revêtus de la qualité de ses ambassadeurs, et six autres d'un ordre inférieur, pour se rendre à la cour de Portugal. Ils s'embarquèrent pour Goa, vers la fin du mois de mars 1684, sur une frégate siamoise commandée par un capitaine portugais. Quoique Goa ne soit pas fort éloigné de Siam, ils employèrent plus de cinq mois dans cette route. Soit défaut d'habileté dans les officiers et les pilotes, soit opiniâtreté des vents, ils ne purent y arriver qu'après le départ de la flotte portugaise : ainsi leur navigation vers l'Europe fut différée d'une année presque entière.

» Au bout de onze mois de séjour, les ambassadeurs s'embarquèrent enfin pour l'Europe dans un vaisseau portugais de cent cinquante hommes d'équipage, et de trente pièces de canon. Outre les ambassadeurs et leur suite, il s'y trouvait aussi plusieurs religieux de divers ordres, et un grand nombre de passagers créoles, indiens et portugais. On mit à la voile de la rade de Goa, le 27 janvier 1686. La navigation fut heureuse jusqu'au 27 avril.

» Ce jour même, au coucher du soleil, on avait fait monter sur les mâts et les vergues du navire plusieurs matelots pour reconnaître la terre qu'on voyait alors devant nous, un peu à côté sur la droite, et qu'on avait aperçue depuis trois jours. Sur le rapport des matelots, et sur d'autres indices, le capitaine et le pilote jugèrent, mais à tort, que c'était le cap de Bonne-Espérance. On continua la route dans cette supposition, jusqu'à deux ou trois heures après le soleil couché, qu'on se crut au-delà des terres qu'on avait reconnues. Alors changeant de route, on porta un peu plus vers le nord. Comme le temps était clair et le vent fort frais, le capitaine, persuadé qu'on avait doublé le cap, ne mit personne en sentinelle sur les antennes (les vergues). Les matelots de quart veillaient à la vérité, mais c'était pour les manœuvres, ou pour se réjouir ensemble avec tant de confusion, qu'aucun ne s'aperçut du danger. Je fus le premier qui découvrit la terre. Je ne sais quel pressentiment du malheur qui nous menaçait, m'avait fait passer une nuit si inquiète, qu'il m'avait été impossible de fermer l'œil pour dormir. Dans cette agitation, j'étais sorti de ma chambre, et je m'amusais à considérer le navire, qui semblait voler sur les eaux. En regardant un peu plus loin, j'aperçus tout d'un coup sur la droite une ombre épaisse et un peu éloignée de nous. Cette vue m'épouvanta ; j'en avertis le pilote, qui veillait au gouvernail. Au même instant, on cria de l'avant du vaisseau : *Terre, terre devant nous. Nous sommes perdus, revirez de bord.* Le pilote fit aussitôt pousser le gouvernail pour changer de route ; mais nous étions si près du rivage, qu'en revirant, le navire donna trois coups de sa poupe sur une roche, et perdit aussitôt son mouvement. Ces trois secousses furent très-rudes. On crut le vaisseau crevé ; on courut à la pompe. Cependant, comme il n'était pas encore entré une seule goutte d'eau, l'équipage fut un peu rassuré.

» On s'efforça de sortir d'un si grand danger en coupant les mâts et déchargeant le vaisseau; mais on n'en eut pas le temps. Les flots que le vent poussait au rivage, y portèrent aussi le

bâtiment. Des montagnes d'eau, qui allaient se
rompre sur les brisans avancés dans la mer,
soulevaient le vaisseau jusqu'aux nues et le
laissaient retomber sur les rochers, avec tant
de vitesse et d'impétuosité, qu'il n'y put résister
long-temps. On l'entendait craquer de tous côtés.
Les parties se détachaient les unes des autres,
et l'on voyait cette grosse masse de bois s'ébran-
ler, plier et se rompre de toutes parts avec un
fracas épouvantable. Comme la poupe avait touché la première, elle fut aussi la première en-
foncée. En vain les mâts furent coupés, et les
canons jetés à la mer avec les coffres et tout ce
qui était de poids, pour soulager le corps du
bâtiment : il toucha si souvent, que, s'étant ouvert enfin sous la sainte-barbe (lieu où l'on
renferme les poudres), l'eau, qui y entrait
abondamment, eut bientôt gagné le premier
pont et rempli la sainte-barbe. Elle monta jusqu'à la grande chambre, et peu d'instans après
elle était à la hauteur de la ceinture sur le second pont.

A cette vue, il s'éleva de grands cris. Chacun se réfugia sur l'étage le plus haut du navire,
mais avec une confusion qui augmenta le danger.
L'eau continuant de monter, nous vîmes le vaisseau s'enfoncer insensiblement, jusqu'à ce que
la quille ayant atteint le fond, il demeura quelque
temps immobile dans cet état.

» Il serait difficile de représenter l'effroi et la consternation qui se répandirent dans tous les esprits, et qui éclatèrent par des cris, des sanglots. On se croisait, on se heurtait à tout moment l'un contre l'autre. Les cris et le tumulte étaient si grands, qu'on n'entendait plus le fracas du vaisseau, qui se rompait en mille pièces, ni le bruit des vagues, qui se brisaient sur les rochers avec une furie incroyable. Cependant, après s'être livrés à des gémissemens inutiles, ceux qui n'avaient pas encore pris le parti de se jeter à la nage, pensèrent à se sauver par d'autres voies. On fit plusieurs radeaux des planches et des mâts du navire. Les malheureux à qui la frayeur avait fait négliger ces précautions, furent engloutis dans les flots ou écrasés par la violence des vagues, qui les jetaient sur les rochers du rivage.

» Mes craintes furent d'abord aussi vives que celles des autres ; mais lorsqu'on m'eût assuré qu'il y avait encore quelque espérance de se sauver, je m'armai de résolution. J'avais deux habits assez propres que je vêtis l'un sur l'autre ; m'étant mis ensuite sur quelques planches liées ensemble, je m'efforçai de gagner à la nage le bord de la mer. Notre second ambassadeur, le plus robuste et le plus habile des trois à nager, était déjà dans l'eau : il s'était chargé de la

lettre du roi, qu'il avait attaché à la poignée
d'un sabre dont sa majesté lui avait fait présent.
Ainsi, nous arrivâmes tous deux à terre presque
en même temps. Plusieurs Portugais s'y étaient
déjà rendus ; mais ils n'avaient fait que changer
de péril. Si ceux qui étaient encore dans le
vaisseau pouvaient être noyés, il n'y avait pas
plus de ressource à terre contre la faim. Nous
étions sans eau, sans vin et sans biscuits. Le
froid d'ailleurs était très-piquant, et j'y étais
d'autant plus sensible, que la nature ne m'y avait
point accoutumé. Je compris qu'il me serait impossible d'y résister long-temps. Cette idée me
fit prendre la résolution de retourner le lendemain au vaisseau pour y prendre des habits
plus épais que les miens, et de quoi me nourrir.
Les Portugais de quelque rang avaient été logés
sur le premier pont ; je m'imaginais que je trou-
verais dans leurs cabanes des choses précieuses,
surtout de bonnes provisions de bouche , qui
étaient le plus nécessaire de nos besoins. Je me
remis sur une espèce de claie, et je nageai
heureusement jusqu'au vaisseau. Il ne me fut
pas difficile d'y aborder, parce qu'il paraissait
encore au-dessus de l'eau. Je m'étais flatté d'y
trouver de l'or, des pierreries, ou quelques
meubles précieux, qu'il n'eût pas été difficile
de porter ; mais en arrivant, je vis toutes les
chambres remplies d'eau, de sorte que je ne

pus emporter que quelques pièces d'étoffes d'or;
j'y joignis une petite cave de six flacons de vin
et un peu de biscuit, qui se trouvèrent dans la
cabane d'un pilote. J'attachai ce petit butin sur
la claie, et, la poussant devant moi avec beaucoup de peine et de danger, j'arrivai une seconde
fois au rivage, quoique bien plus fatigué que la
première.

» J'y rencontrai quelques Siamois qui s'étaient
sauvés nus. La compassion que je ressentis de
leur misère en les voyant trembler de froid,
m'obligea de leur faire part des étoffes que j'a-
vais apportées du vaisseau; mais craignant que
si je leur confiais la cave, elle ne durât pas
long-temps entre leurs mains, je la donnai à
un Portugais qui m'avait toujours marqué beaucoup d'amitié, à condition néanmoins que nous
en partagerions l'usage. Dans cette occasion, je
reconnus combien l'amitié est faible contre la nécessité. Cet ami me donna un demi-verre à boire
pendant les deux ou trois premières journées,
dans l'espérance de trouver une source ou un
ruisseau. Mais lorsqu'on se vit pressé de la soif,
et qu'on craignit de ne pas trouver d'eau douce
pour se désaltérer, en vain le pressai-je de me
communiquer un secours qu'il tenait de moi : il
me répondit qu'il ne l'accorderait pas à son père.
Le biscuit ne put nous servir, parce que l'eau

de la mer dont il avait été trempé lui donnait un amertume insupportable.

» Aussitôt que tout le monde se fut rendu à terre, ou du moins que personne ne parut plus sortir du vaisseau, on compta ceux qui avaient gagné le rivage, et nous nous trouvâmes environ deux cents : d'où l'on conclut qu'il ne s'en était noyé que sept ou huit, pour avoir eu trop d'empressement à se sauver. Quelques Portugais avaient eu la précaution d'emporter des fusils et de la poudre pour se défendre des Cafres (sorte de Nègres très-méchans), et pour tuer du gibier dans les bois. Ces armes nous furent fort utiles à faire du feu pendant toute la durée de notre voyage jusqu'aux habitations hollandaises, mais surtout les deux premières nuits que nous passâmes sur le rivage tout dégouttans de l'eau de la mer. Le froid était alors si rigoureux, que, si l'on n'eût allumé du feu pour faire sécher nos habits, peut-être aurions-nous trouvé tous dans une prompte mort le remède de nos peines.

» Le second jour après notre naufrage, qui était un dimanche, les Portugais ayant fait leurs prières, nous nous mîmes en chemin. Le capitaine et les pilotes nous disaient que nous n'étions pas à plus de vingt lieues du cap de Bonne-Espérance où les Hollandais avaient une nom

ibreuse habitation, et que nous n'avions besoin
que d'un jour ou deux pour arriver. Cette assurance porta ceux qui avaient emporté quelques
vivres du vaisseau à les abandonner, dans l'espoir qu'avec ce fardeau de moins ils marcheraient
plus vite et plus facilement. Nous entrâmes ainsi
dans les bois, ou plutôt dans les broussailles,
car nous vîmes peu de grands arbres dans tout
le cours de notre voyage. On marcha tout le
jour, et l'on ne s'arrêta que deux fois pour prendre du repos. Comme on n'avait presque rien
apporté pour manger, on commença bientôt à
ressentir les premières atteintes de la faim et
de la soif, surtout après avoir marché avec
beaucoup de diligence à l'ardeur du soleil, dans
l'espérance d'arriver le même jour chez les Hollandais. Sur les quatre heures après-midi, nous
trouvâmes une grande mare d'eau, qui servit
beaucoup à nous soulager. Chacun y but à loisir.
Les Portugais furent d'avis de passer le reste du
jour sur le bord de cet étang. On fit des feux.
Ceux qui purent trouver dans l'eau quelques
cancres, les firent rôtir et les mangèrent ; d'autres, en plus grand nombre, après avoir bu
une seconde fois, prirent le parti de se livrer
au sommeil, bien plus abattus par la fatigue
d'une si longue marche, que par la faim, qui
les tourmentait depuis deux jours qu'ils avaient
passés à jeun.

» Le lendemain, après avoir bu pour la soif future, on partit de grand matin. Les Portugais prirent les devans, parce que notre premier ambassadeur était d'une faiblesse et d'une langueur qui ne lui permettaient pas de faire beaucoup de diligence : nous fûmes obligés de nous arrêter avec lui. Mais comme il ne fallait pas perdre un moment de vue les Portugais, nous prîmes le parti de nous diviser en trois troupes. La première suivait toujours à vue les derniers Portugais, et les deux autres, marchant dans la même distance, prenaient garde aux signaux dont on était convenu avec la première bande, pour avertir lorsque les Portugais s'arrêteraient ou changeraient de route. Nous trouvâmes quelques petites montagnes, qui nous causèrent beaucoup de peine à traverser. Cependant, avec tous nos efforts, il nous fut impossible de conduire avant le soir notre ambassadeur à l'endroit où nous nous flattions de trouver de l'eau. Pour comble de malheur, les Portugais nous quittèrent, en déclarant qu'ils n'avaient pas voulu nous attendre, sous prétexte qu'il n'y avait aucun avantage pour nous à souffrir la faim et la soif avec eux, et qu'ils nous serviraient plus utilement en se hâtant de marcher pour se mettre en état de nous envoyer des rafraîchissemens.

» A cette triste nouvelle, le premier ambas-

sadeur fit assembler tous les Siamois qui étaient
restés près de lui : il nous dit qu'il se sentait si
faible et si fatigué, qu'il lui était impossible de
suivre les Portugais ; qu'il exhortait ceux qui se
portaient bien à faire assez de diligenc pour les
rejoindre, et que les maisons hollandaises ne
pouvaient être éloignées ; il leur ordonna seulement de lui envoyer un cheval et une charrette
avec quelques vivres, pour le porter au Cap
s'il était encore en vie. Cette séparation nous
affligea beaucoup, mais elle était nécessaire. Il
n'y eut qu'un jeune homme, âgé d'environ quinze
ans, fils d'un mandarin, qui ne voulut pas quitter
l'ambassadeur, dont il était fort aimé et pour
lequel il avait aussi beaucoup d'affection : la
reconnaissance et l'amitié lui firent prendre la
résolution de mourir ou de se sauver avec lui,
sans autre suite qu'un vieux domestique, qui ne
put se résoudre non plus à quitter son maître.

» Le second ambassadeur, un autre mandarin
et moi, nous prîmes congé de lui, après l'avoir
assuré de le secourir aussitôt que nous en aurions
le pouvoir, et nous nous remîmes en chemin
avec nos gens, dans le dessein de suivre les
Portugais tout éloignés qu'ils étaient de nous.
Un signal que nos Siamois les plus avancés nous
firent du haut d'une montagne, augmenta notre
courage et nous fit doubler le pas, mais nous ne

pûmes les rejoindre que vers dix heures du soir.
Ils nous dirent que les Portugais étaient encore
fort loin ; nous découvrîmes en effet leur camp,
à quelques feux qu'ils y avaient allumés. L'espérance d'y trouver du moins de l'eau ranima
notre courage. Après avoir continué de marcher
l'espace de deux grandes heures au travers des
bois et des rochers, nous y arrivâmes avec des
peines incroyables. Les Portugais étaient postés
sur la croupe d'une haute montagne, après y
avoir fait un grand feu autour duquel ils s'étaient
endormis. Chacun demanda d'abord où était
l'eau ; un Siamois eut l'humanité de m'en apporter, car le ruisseau qu'on avait découvert
était assez loin du camp, et je n'aurais pas eu
la force de m'y traîner. Je m'étendis auprès du
feu, le sommeil me prit dans cette posture jusqu'au lendemain, que le froid me réveilla.

» Je me sentis si affaibli et pressé d'une faim
si cruelle, qu'ayant souhaité mille fois la mort,
je résolus de l'attendre dans le lieu où j'étais
couché. Pourquoi l'aller chercher plus loin avec
de nouveaux tourmens ? Mais ce mouvement de
désespoir se dissipa bientôt à la vue des Siamois
et des Portugais, qui, n'étant pas moins abattus
que moi, ne laissaient pas de se mettre en chemin dans l'espérance de conserver leur vie. Je
ne pus résister à leur exemple. L'exercice de

mes jambes me rendit un peu de chaleur. La faim qui les pressait ainsi que moi, leur fit mettre le feu à des herbes demi-sèches, pour y chercher quelque lézards ou quelque serpent qu'ils pussent dévorer. Un d'entre eux, qui s'était un peu éloigné, trouva des feuilles sur le bord de l'eau : il eut la hardiesse d'en manger, quoiqu'elles fussent amères, et il sentit sa faim apaisée. Il vint annoncer aussitôt cette bonne nouvelle à toute la troupe, qui y courut avec empressement et qui en mangea avec avidité : nous passâmes ainsi la nuit.

» Le lendemain, qui était le cinquième jour de notre marche, nous partîmes de grand matin persuadés que nous ne pouvions manquer ce jour-là de trouver les habitations hollandaises. Cette idée renouvela nos forces. Après avoir marché sans interruption jusqu'à midi, nous aperçûmes assez loin de nous quelques hommes sur une hauteur : personne ne douta que nous ne fussions au terme de nos souffrances, et nous nous avançâmes avec une joie qui ne peut être exprimée; c'étaient trois ou quatre Hottentots sauvages, du cap de Bonne-Espérance, qui, nous ayant découverts les premiers, venaient armés de leurs zagaies (courtes lances) pour nous reconnaître. Leur crainte parut égale à la nôtre, à la vue de notre troupe nombreuse et de nos fusils; cependant nous

nous persuadâmes que leurs compagnons n'é-
taient pas éloignés, et nous croyant au moment
d'être massacrés par ces barbares, nous prîmes
le parti de les laisser approcher, dans l'idée
qu'il valait mieux finir tout d'un coup une malheureuse vie, que de la prolonger de quelques
jours pour la perdre enfin dans des tourmens
plus cruels que la mort même. Mais lorsqu'ils
eurent reconnu d'assez loin que nous étions en
plus grand nombre qu'ils ne l'avaient jugé d'a-
bord, ils s'arrêtèrent pour nous attendre à leur
tour, et, nous voyant approcher, ils prirent le
devant en nous faisant signe de les suivre, et
nous montrant avec le doigt quelques maisons,
c'est-à-dire trois ou quatre misérables cabanes
qui se présentaient sur une colline ; ils prirent
un petit sentier par lequel ils nous menèrent
vers un autre village, avec les mêmes signes
pour nous engager à marcher sur leurs traces,
quoiqu'ils tournassent souvent la tête, et qu'ils
parussent nous observer d'un air de défiance.
En arrivant à ce village, qui était composé d'une
quarantaine de cabanes couvertes de branches
d'arbres, dont les habitans étaient au nombre
de quatre ou cinq cents personnes, leur confiance augmenta jusqu'à s'approcher de nous et
nous considérer à loisir. Ils prirent plaisir à
regarder particulièrement les Siamois, comme
s'ils eussent été frappés de leur habillement.

Cette curiosité nous parut bientôt importune. Quelques-uns nous répétaient seulement ces deux mots : « Tabac, pataque. » Je leur offris deux gros diamans, que le premier ambassadeur m'avait donnés au moment de notre séparation, mais cette vue les toucha peu. Enfin, le premier pilote, qui avait quelques pataques, seule monnaie qui soit connue de ces barbares, leur en donna quatre, pour lesquelles ils amenèrent un bœuf qu'ils ne vendent ordinairement aux Hollandais que sa longueur de tabac. Mais de quel secours pouvait être un bœuf entre tant d'hommes à demi-morts de faim, qui n'avaient vécu depuis six jours entiers que de quelques feuilles d'arbres? Le pilote n'en fit part qu'aux gens de sa nation et à ses meilleurs amis ; aucun Siamois n'en put obtenir un morceau. Ainsi nous eûmes le chagrin de ne recevoir aucun soulagement, à la vue non-seulement de ceux qui satisfaisaient leur faim, mais de quantité de bestiaux qui paissaient dans la campagne. Les Portugais ne nous défendirent pas moins de toucher aux troupeaux des Hottentots, qu'au bœuf qu'ils avaient fait cuire, et nous menaçaient de nous abandonner à la fureur de ces barbares.

» Un mandarin, voyant que les Hottentots refusaient l'or monnayé, prit le parti de se parer la tête de certains ornemens d'or, et parut de-

7

vant eux dans cet état ; cette nouveauté leur plut ; ils lui donnèrent un quartier de mouton pour ces petits ouvrages, qui valaient plus de cent pistoles. Nous mangeâmes cette viande à demi-crue, mais elle ne fit qu'aiguiser notre appétit. J'avais remarqué que les Portugais avaient jeté la peau de leur bœuf après l'avoir écorché ; ce fut un trésor pour moi ; j'en fis confidence au mandarin qui m'avait sauvé de mon propre désespoir : nous allâmes chercher cette peau ensemble, et l'ayant heureusement trouvée, nous la mîmes sur le feu pour la faire griller : elle ne nous servit que pour deux repas, parce que les autres Siamois nous ayant découverts, il fallut partager avec eux notre bonne fortune.

» Un Hottentot s'étant arrêté à considérer les boutons d'or de mon habit, je lui fis entendre que, s'il voulait me donner quelque chose à manger, je lui en ferais volontiers présent. Il me témoigna qu'il y consentait ; mais, au lieu d'un mouton que j'espérais, il ne m'apporta qu'un peu de lait, dont il fallut paraître content.

» Nous passâmes une nuit au pied d'une montagne. Le soleil n'étant pas encore couché, on se répandit de tous côtés sans rien trouver qui pût servir d'aliment. De tous les Siamois je fus le seul à qui le hasard offrit de quoi souper.

J'avais cherché des herbes et des fleurs, et n'en ayant trouvé que de fort amères, je m'en retournais après m'être inutilement fatigué, lorsque j'aperçus un serpent; il n'était pas plus gros que le poing, mais il était aussi long que le bras. Je le poursuivis dans sa fuite, et je le tuai d'un coup de poignard. Nous le mîmes au feu sans autre précaution, et nous le mangeâmes tout entier, sans excepter la peau, la tête, et les os. Il nous parut de fort bon goût.

» En continuant tristement notre route, nous aperçûmes un fusil avec une boîte à poudre, qu'un Portugais avait apparemment laissés, dans l'impuissance de les porter plus loin : cette rencontre nous fut d'une extrême utilité. On fit aussitôt du feu. Pour moi, qui n'avais plus d'usage à faire de mes souliers, et qui étais même embarrassé de cet inutile fardeau, j'en séparai toutes les pièces que je fis griller, et nous les mangeâmes avidement. On essaya de manger le chapeau d'un de nos valets, après l'avoir fait griller long-temps, mais il fut impossible de le mâcher ; il fallait en faire cuire les pièces jusqu'à les mettre en cendres, et dans cet état elles étaient si amères et si dégoûtantes, qu'elles révoltaient l'estomac.

» On voit dans quel horrible état nous étions réduits. Nous tînmes conseil, et le résultat fut

d'attendre quelques jours des nouvelles des Portugais, qui avaient gagné sur nous plusieurs
journées, et si nous n'en recevions aucune,
d'aller trouver volontairement les Hottentots,
et de nous offrir à leur servir d'esclaves pour
garder leurs troupeaux. Cette conclusion nous
promettait un sort moins affreux que le malheureux état où nous gémissions depuis si long-temps.

» Nous trouvâmes dans une petite île des
moules, qui nous furent d'un grand secours, et
dont chacun de nous emporta une provision.

» Trois Hottentots accoururent vers nous et
nous firent signe de les suivre, en élevant six
doigts et criant de toutes leurs forces *Hollanda!*
Hollanda! Nous pensâmes qu'ils nous faisaient
entendre qu'il n'y avait que six journées pour
arriver à l'habitation des Hollandais. Nous nous
déterminâmes à suivre ces nouveaux guides;
mais le chemin était fort rude et montueux. De
quinze que nous étions encore, sept se trouvèrent si accablés de misère et de fatigue, que le
lendemain au moment du départ, il leur fut
impossible de faire usage de leurs jambes. Nous
tînmes conseil sur ce triste accident : on résolut
de laisser dans ce lieu les plus faibles avec une
partie des moules sèches qui nous restaient, en
les assurant que notre premier soin, si nous
avions le bonheur de trouver une habitation

hollandaise, serait de leur envoyer des voitures commodes, Quelque dure que leur parût cette séparation, la nécessité les força d'y consentir. A la vérité, nous étions tous dans un misérable état; il n'y avait pas un de nous qui n'eût le corps très-enflé, et particulièrement les cuisses et les pieds : les malheureux surtout que nous abandonnions étaient si défigurés, qu'ils faisaient peur.

» Après cette séparation si douloureuse, nous découvrîmes quatre personnes sur le sommet d'une très-haute montagne qui était devant nous et que nous devions traverser. On les prit d'abord pour des Hottentot, parce que l'éloignement ne permettait pas de les distinguer, et qu'il ne pouvait pas nous venir à l'esprit que ces déserts eussent d'autres créatures humaines à nous offrir. Comme ils venaient à nous et que nous marchions vers eux, nous fûmes bientôt agréablement détrompés. Il nous fut aisé de reconnaître deux Hollandais avec les deux Hottentots qui nous avaient quittés en chemin. Le transport de notre joie fut proportionné à tous les maux que nous avions soufferts. Ce sentiment augmenta lorsque nos libérateurs se furent approchés. Ils commencèrent par nous demander si nous étions Siamois, et où étaient les ambassadeurs du roi notre maître. Nous leur montrâ-

mes ceux qui étaient encore avec nous. Ils leur
firent beaucoup de civilités ; après quoi , nous
ayant invités à nous asseoir , ils firent approcher
les Hottentots qui les accompagnaient , chargés
de quelques rafraîchissemens qu'ils nous avaient
apportés. A la vue du pain frais, de la viande
cuite et du vin , nous ne pûmes modérer les
mouvemens de notre reconnaissance. Les uns se
jetaient aux pieds des Hollandais , et leur em-
brassaient les genoux ; les autres les nommaient
leurs pères , leurs libérateurs. Pour moi je fus
si pénétré de cette faveur inestimable, que ,
dans le sentiment qui m'agitait, je voulus leur
faire voir sur-le-champ le prix que j'attachais
à leurs généreux soins. Notre premier ambassadeur, en nous ordonnant de le laisser derrière
nous et d'aller lui chercher quelque voiture ,
s'était défait de plusieurs pierreries que le roi
notre maître lui avait confiées pour en faire
divers présens. Il m'avait donné cinq gros diamans enchâssés dans autant d'anneaux d'or ; je
fis présent d'une de ces bagues à chacun des
deux Hollandais , pour les remercier de la vie
dont je croyais leur avoir obligation.

» Mais ce qui paraîtra surprenant , c'est
qu'après avoir bu et mangé, nous nous sentîmes tous si faibles et dans une si grande impossibilité d'aller plus loin, qu'aucun de nous ne

put se lever qu'avec des douleurs incroyables.
En un mot, quoique les Hollandais nous représsentassent qu'il ne restait qu'une heure de chemin
jusqu'à leurs habitatious, où nous nous reposerions à loisir, personne n'eut assez de force et
de courage pour entreprendre une marche si
courte. Nos généreux guides, reconnaissant que
nous n'étions plus capables de faire un pas,
envoyèrent les Hottentots nous chercher des
voitures. En moins de deux heures, nous les
vîmes revenir avec des charrettes et quelques
chevaux. Le second de ces deux secours nous
fut inutile. Personne n'ayant pu s'en servir,
nous nous mîmes tous sur les charrettes, qui
nous portèrent à l'habitation hollandaise. Elle
n'était éloignée que d'une lieue. Nous y passâmes la nuit, couchés sur la paillé, avec plus
de douceurs qu'on en ait jamais ressenti dans la
meilleure fortune. Le lendemain, à notre réveil,
quelle fut notre joie de nous voir délivrés et
désormais à couvert des effroyables souffrances
que nous avions essuyées l'espace de trente-un
jours !

Notre premier soin fut de prier les Hollandais
d'envoyer une charrette avec les rafraîchissemens
nécessaires aux sept Siamois que nous avions
laissés en chemin. Après avoir vu partir cette
voiture, nous nous rendîmes, sur deux autres,

dans une habitation hollandaise à quatre ou cinq lieues de la première. A peine y fûmes-nous arrivés, que nous vîmes paraître plusieurs soldats, envoyés par le gouverneur pour nous servir d'escorte, et deux chevaux pour les ambassadeurs ; mais ils étaient si malades qu'ils n'osèrent s'en servir. Ainsi nous reprîmes nos charrettes et dans cet équipage nous nous rendîmes à la forteresse que les Hollandais ont au cap de Bonne-Espérance (1). Le commandant, averti de notre arrivée, envoya son secrétaire au-devant des ambassadeurs pour leur faire des complimens de sa part. On nous fit entrer dans le fort au travers d'une vingtaine de soldats rangés en haie. Nous fûmes conduits à la maison du commandant, qui se trouva au pied de l'escalier, où il reçut avec de grandes marques de respect et d'affection les ambassadeurs et les mandarins de leur suite. Il nous fit entrer dans une salle, où nous ayant priés de nous asseoir, il nous fit apporter des rafraîchissemens, tandis qu'il faisait tirer onze coups de canon pour honorer la personne du roi de Siam dans la personne de ses ministres. Nous le conjurâmes d'envoyer avec toute la diligence possible quelques secours au premier ambassadeur, que nous avions laissé assez près du rivage où notre vais-

(1) Les Anglais en sont maintenant en possession.

seau s'était brisé. Il nous répondit que, dans la saison où l'on était encore, il était impossible de nous satisfaire, mais qu'aussitôt qu'elle serait passée, il ne manquerait pas d'y employer tous ses soins. Il ajouta que nous étions heureux d'avoir suivi les côtes ; que si nous eussions un peu pénétré dans les bois, nous serions infailliblement tombés entre les mains de certains Cafres qui nous auraient massacrés sans pitié.

» Les Portugais étaient arrivés au Cap huit jours avant nous, après avoir encore plus souffert. Un P. Portugais, de l'ordre de saint Augustin, qui accompagnait, par l'ordre du roi, les ambassadeurs destinés à la cour de Portugal, nous fit une peinture de leurs peines, qui nous tira les larmes des yeux : Un tigre, nous dit-il, aurait eu le cœur attendri des cris et des gémissemens de ceux qui tombaient au milieu de leur marche. Ils invoquaient l'assistance de leurs amis et de leurs proches ; tout le monde paraissait insensible à leurs plaintes. La seule marque d'humanité qu'on donnait en les voyant tomber, était de recommander leur âme à Dieu. On détournait les yeux, on se bouchait les oreilles pour n'être pas effrayé par les cris lamentables qu'on entendait sans cesse, et par la vue des mourans, qui tombaient presque à chaque heure du jour. Ils avaient perdu, dans ce voyage, de

7..

puis qu'ils nous eurent quittés , cinquante ou
soixante personnes d'âge et de conditions différentes , sans y comprendre ceux qui étaient
morts auparavant , parmi lesquels étaient un
jésuite déjà vieux et fort cassé.

» Nous fûmes quatre mois à nous rétablir au
cap de Bonne-Espérance , avant de nous embarquer pour Batavia , où nous arrivâmes heureusement. Il nous fallut passer six mois dans
cette ville, avant de faire voile pour Siam. Le
roi, notre maître, nous reçut avec des marques
extraordinaires de tendresse et de bonté; il nous
fit donner aussitôt des habits et de l'argent ; il
eut même l'attention de nous assurer lui-même
qu'il ne nous oublierait pas dans les occasions
favorables à notre fortune. »

∞∞∞∞∞∞∞∞∞∞∞∞∞∞∞∞∞∞∞∞∞∞∞∞∞∞∞∞∞∞∞∞∞∞∞

XIII. Naufrage d'une patache portugaise sur un banc de
sable, vis-à-vis des îles *Calamianes*, mer des Indes, en
1688.

Une patache du commerce portugais, partie
de la côte de Coromandel pour les Philippines,
et qui était entrée heureusement dans le port
de Cavite (ville la plus considérable des Philippines, dans l'île Manille) remit à la voile
quelques temps après chargée de marchandises
du pays. Le vaisseau portait environ soixante
hommes, Maures, Gentils (idolâtres) et Portugais. Le capitaine et le pilote, se confiant à leur
expérience, naviguèrent avec trop de sécurité
sur la mer des Philippines, dangereuse par ses
écueils : la patache échoua sur un banc de sable,
vis-à-vis des îles Calamianes (au-delà du Gange,
partie des Philippines), et se brisa dans un
instant. Les Maures et les Gentils, qui composaient la plus grande partie de l'équipage, s'emparèrent aussitôt de la chaloupe pour gagner
une île voisine ; mais, un vent impétueux s'étant
élevé dans le trajet, elle coula à fond. Tous ceux
qui la montaient trouvèrent la mort dans les
flots. Les autres, ayant eu le bonheur de se

soutenir sur le sable, se servirent d'un caisson de planches, qui flottait près d'eux, pour gagner successivement l'île la plus voisine ; elle était à la distance de deux milles du lieu du naufrage. Après l'avoir parcourue, ils reconnurent qu'elle était sans eau. L'heureux succès de leur tentative leur fit entreprendre de passer dans une autre île, éloignée d'environ trois lieues. Ils y arrivèrent tour-à-tour. Elle était presque partout d'un sol bas, très-petite, sans bois et sans eau, comme la première. Pendant quinze jours ils se virent forcés, par l'excès de leur soif, de boire du sang de tortue. Enfin, la nécessité les rendit industrieux ; ils se servirent des planches de leur caisson pour faire des fosses jusqu'au niveau de l'eau : celle qui y séjournait perdait, après quelques jours, une partie de sa salure. Ils en usèrent les premières fois avec dégoût; mais ayant éprouvé qu'elle n'était point nuisible, ils surmontèrent bientôt la répugnance qu'ils avaient eue d'abord à en boire.

La Providence, en faisant aborder à cette île le petit nombre d'hommes échappés au naufrage, leur avait réservé sur ce sol, quoique stérile, des ressources contre les besoins de la soif et de la faim : la première, comme nous venons de le voir ; et la seconde, par l'affluence extraordinaire des tortues, qui étaient dans la saison de

leur ponte. Toutes les nuits elles sortaient de la
mer pour venir déposer leurs œufs sur le sable.
Les naufragés les guettaient, et aussitôt qu'elles
étaient un peu éloignées de l'eau, ils les renver-
saient sur le dos. La facilité qu'ils avaient à les
tuer leur en procura un si grand nombre, qu'ils
en vécurent pendant six mois.

Cette provision s'épuisait, et à peine leur en
restait-il encore pour quelques jours, lorsqu'ils
virent arriver dans l'île une espèce de grands
oiseaux de mer, nommés par les Portugais *pa-
xanos-bobos*, ou sots oiseaux. Chaque année ils
viennent régulièrement dans ces îles faire leurs
nids et pondre : leurs œufs et la chair des petits
furent pour les naufragés une double ressource.
Ils tuèrent aussi beaucoup des pères et des mères ;
les ais et débris du caisson leur servirent pour
les assommer : ils en amassèrent assez pour s'en
nourrir pendant six mois. Ainsi les tortues et
cette espèce d'oiseaux fournirent des provisions
régulièrement pour les deux parties de l'année ,
sans autre préparation que d'en faire sécher les
chairs au soleil. Ils en mangeaient aussi la chair
fraîche, qu'ils faisaient étuver dans des vases de
terre qu'ils étaient parvenus à fabriquer.

Les maladies et les incommodités de leur
séjour avaient réduit ces malheureux exilés au
nombre de dix-huit. Avec le temps leurs habits

s'étant usés, ils s'avisèrent d'écorcher les oiseaux qu'ils tuaient, et d'en coudre les peaux ensemble avec des aiguilles que l'un d'eux avait sur lui au moment où la patache fut brisée. Quelques petits palmiers dispersés çà et là à peu de distance de la côte, leur fournirent une espèce de fil qui leur suffit pour cet usage. A l'approche de l'hiver, ils se retirèrent, pour se défendre du froid, dans des grottes souterraines qu'ils s'étaient creusées avec leurs mains. Elles étaient sur le revers d'un terrain plus élevé, à l'aspect du midi.

Plusieurs années s'écoulèrent sans aucun changement dans la situation de ces infortunés. Quelquefois ils aperçurent des vaisseaux en pleines voiles assez près de leur île ; en vain ils réclamèrent leur secours par des cris, des peaux élevées en l'air et des feux sur les hauteurs : sans doute que la crainte des bancs et des brisans arrêtait les pilotes : tous passèrent outre sans témoigner qu'ils prenaient garde aux signaux. Les naufragés jugèrent même, par l'examen de planches et d'autres débris, que les flots jetèrent sur le sable de temps en temps pendant un si long intervalle, que les naufrages étaient fréquens dans cette mer, et qu'ils n'étaient pas seuls malheureux.

Le retour annuel des tortues et des oiseaux, qui leur fournissait une subsistance assurée, leur fit supporter avec courage un sort aussi triste pendant six années. Au commencement de la septième, leur espérance se soutint encore par l'arrivée des tortues, qui se montrèrent en aussi grande quantité ; mais il n'en fut pas de même à la seconde saison. Les sots oiseaux, sans doute épouvantés de la chasse qu'ils essuyaient depuis plusieurs années sur cette côte, revinrent en si petit nombre, que la consternation se répandit bientôt parmi la troupe naufragée. Dans le même temps, deux d'entre eux, succombant aux poids des maux qui les accablaient et à la perspective effrayante de l'avenir, finirent leurs jours sur cette terre d'exil. Les autres, réduits au nombre de seize, étaient si exténués qu'ils ressemblaient plutôt à des spectres qu'à des hommes. Dans l'agitation d'esprit où ils se trouvèrent alors, les uns s'abandonnèrent au désespoir, d'autres voyaient encore quelque lueur d'espérance.

Cependant tous se calmèrent peu à peu, et s'étant rassemblés, ils arrêtèrent, pour dernière résolution après quelques débats, de quitter l'île, au hasard d'aborder une seconde fois à une côte inhabitée. Ils mirent aussitôt la main à l'œuvre, et construisirent en peu de jours, avec des planches et des débris de vaisseaux que la mer avait jetés sur le rivage, une espèce de barque ou plutôt un coffre. Ils calfatèrent avec un mélange de plumes d'oiseaux, de sable et de graisse de tortues ; les cordages furent composés de plusieurs nerfs de tortues, et les voiles d'une certaine quantité de peaux d'oiseaux cousues à l'extrémité les unes des autres. La barque, quoique construite grossièrement, ne faisait point eau, et se prêtait à l'impulsion, soit du vent, soit de la rame. Ils la chargèrent du peu de provision qui leur restaient.

Avec de si faibles ressources, ils mirent à la voile par un temps favorable, et en invoquant l'assistance du ciel. Huit jours d'une navigation incertaine, pour laquelle ils n'eurent d'autre règle que le hasard des vents et des flots, les conduisirent à l'île d'Haynan, sur la côte méridionale de la Chine. En abordant cette terre, qu'ils reconnurent habitée, leur premier soin fut d'adresser avec effusion de cœur des actions de grâces à la divine Providence, ensuite ils s'avancèrent dans le pays. Cependant, quelques Portugais qui entendaient le chinois ayant doublé le pas, ceux des habitans les moins effrayés remarquèrent que ces étrangers étaient sans armes, et les attendirent. Au récit abrégé de leurs infortunes, ils versèrent des larmes, et sur le champ leur offrirent des vivres et leur indiquèrent une source d'eau vive. Leurs premiers besoins satisfaits, on les conduisit au mandarin de l'île, qui s'empressa de leur faire donner des logemens et tous les secours dont ils avaient besoin. Il eut même l'attention de leur procurer les moyens de retourner dans leurs familles. Les Portugais qui n'était pas éloigné de Macao, y arrivèrent en peu de jours. Un d'entre eux, que sa femme avait cru mort, fut surpris de la trouver remariée. Des amis communs le disposèrent facilement à lui pardonner une légèreté qui était excusable après sept années d'absence.

0OO0OO0O0OOO0OO0O0OO0OOO0O0OC0COO:COOO0COOOO0OOO0O

XIV. Perte du vaisseau anglais de la compagnie des Indes, le Degrave, sur la côte de Madagascar, en 1701, et aventures de Robert Dury.

» Quand je me fus décidé pour un voyage aux Indes orientales, dit Robert Dury, mon père me fournit tout ce qui m'était nécessaire et me donna aussi un crédit de cent livres sterling, somme suffisante pour un jeune homme de mon âge. Je fus bien recommandé, et je m'embarquai sur le Degrave, vaisseau de la compagnie des Indes, du port de sept cents tonneaux, de cinquante-deux canons, et commandé par le capitaine Guillaume Jounge.

» Nous partîmes des Dunes le 19 février 1701. Après une traversée de trois mois et vingt jours, nous arrivâmes au fort Saint-Georges dans les Indes. Nous nous étions arrêtés une semaine aux îles Canaries.

» Deux jours après notre arrivée, nous quittâmes le fort Saint-Georges pour aller à Masulipatan, où nous séjournâmes un mois, puis nous fîmes voile pour le Bengale. Mon parent, instruit de mon arrivée, vint à bord pour me voir : il voulait me mener à terre avec tout ce qui m'appartenait ; mais mon père avait prié le capitaine Jounge de prendre des informations sur le caractère et la fortune de ce parent, et, dans le cas où il ne les trouverait pas assez satisfaisantes, de ne pas me laisser aller avec lui.

» Le capitaine, se conformant aux intentions de mon père, m'empêcha de suivre mon parent, prit soin de mes affaires, toucha ma lettre de crédit et en disposa.

» Peu de jours après, mon parent mourut. Nous restâmes neuf mois à Bengale, et nous perdîmes par les maladies quarante hommes de notre équipage. Le capitaine fut de ce nombre : son fils lui succéda dans le commandement.

» Nos affaires terminées, nous quittâmes le Bengale : notre équipage était de cent vingt hommes, indépendamment de deux femmes et de quelques passagers dont je faisais partie. En descendant le Gange, notre bâtiment toucha, la marée le dégagea ; mais une fois en mer, il se déclara une si grande voie d'eau, qu'il fallut continuellement avoir deux pompes en mouvement. Nous fûmes deux mois en cet état, au bout desquels nous abordâmes à l'île Maurice, qui est située à l'île de Madagascar, et possédée par les Hollandais (1). Ils nous traitèrent civi-

_____

(1) Répétons, pour la dernière fois, que les anciens maîtres du pays dont nous aurons occasion de parler, peuvent n'être plus les mêmes.

lement, et nous aidèrent autant qu'il fut en le[ ]
pouvoir. Nous dressâmes une tente sur le rivag[ ]
où l'on porta une grande partie de la cargaiso[ ]
on chercha la voie d'eau, et on ne put la d[ ]
couvrir.

» Un pirate, ayant perdu son vaisseau, ava[ ]
laissé dans l'île cinquante Lascars qu'il avait pr[ ]
à bord d'un bâtiment maure dont il s'était en[ ]
paré. Nous prîmes ces hommes sur notre bord[ ]
afin de soulager nos gens, qui, pendant deu[ ]
mois, avaient eu à peine le temps de se repose[ ]
à cause dn nombre de bras qu'exigeaient l[ ]
pompes.

» Après un mois de séjour à l'île Maurice[ ]
nous fîmes route directement pour le cap d[ ]
Bonne-Espérance. La voie d'eau gagnait de plu[ ]
en plus ; nous avions toutes les peines du mond[ ]
de tenir le bâtiment à flot ; l'équipage étai[ ]
épuisé de fatigue ; car il fallait nuit et jour pom[ ]
per et vider l'eau. Nous trouvant à cent lieue[ ]
au sud de Madagascar, nous jetâmes à la me[ ]
plusieurs canons et des marchandises pesantes[ ]
pour alléger le navire. Le capitaine voulant con[ ]
tinuer sa route pour le cap, l'équipage fut d'u[ ]
avis contraire : il croyait que l'on ne pourrai[ ]
pas tenir assez long-temps le bâtiment à flo[ ]
pour atteindre le cap, dont il pensait que l'on[ ]
était éloigné de six cents lieues, tandis qu'il n'y[ ]

n avait que cent jusqu'à Madagascar, la terre
a plus proche. On parvint avec beaucoup de
peine à engager le capitaine à faire route pour
Madagascar.

» Le vent étant favorable, le capitaine m'envoya, le troisième jour, avec un mousse au haut
du mât pour découvrir la terre. On ne pouvait
disposer que de nous deux pour cela : car tout
le monde était employé, et dans cet instant cri-
tique où l'on se trouvait entre la vie et la mort,
on ne put avoir égard à ma qualité de passager.
Je grimpai donc au haut du mât, et, après y
être resté deux heures et demie, je vis la terre.
Je le dis à mon compagnon ; mais n'en étant pas
bien sûr, nous gardâmes le silence : car la vérité
était trop importante, pour amuser l'équipage
avec des espérances vaines. A la fin pourtant,
je distinguai une falaise blanche, et de la fumée
un peu plus loin, et je criai *terre* ! *terre* !

» Plusieurs personnes de l'équipage et le
capitaine lui-même montèrent sur les haubans :
l'un d'eux dit qu'il connaissait la terre, que c'é-
tait le port Dauphin de Madagascar ; que le roi
de cette portion de l'île était ennemi de tous les
blancs, et traitait les Européens de la manière
la plus barbare. Ce discours nous jeta dans un
trouble et un désespoir extrêmes, et occasionna
notre perte.

» L'homme qui avait parlé avait raison en un sens ; les Madécasses étaient ennemis des Français, ils massacraient tous ceux qu'ils rencontraient, pour venger une injure faite à leur roi ; mais ils n'avaient point d'inimitié pour d'autres blancs : de sorte que si nous eussions abordés dans ce lieu, nous eussions sauvé nos vies et une partie de notre cargaison. La crainte de tomber entre les mains de sauvages barbares et vindicacatifs, nous fit tomber dans un mal beaucoup plus grand que celui que nous cherchions à éviter.

» Il y avait en face du lieu où nous voulions surgir, un banc de sable de deux lieues de longueur. Nous vînmes à un quart de lieue du rivage, et nous jetâmes une ancre en dehors des brisans, puis nous coupâmes les mâts et les manœuvres ; nous jetâmes tous les canons à la mer, et nous essayâmes tous les moyens imaginables de faire flotter le vaisseau, pour aborder la terre. Nous avions perdu au Bengale notre grand canot et notre péniche ; n'ayant plus qu'une petite chaloupe, nous construisîmes un radeau avec des planches et des vergues.

» Sur ces entrefaites, plusieurs naturels qui pêchaient, nous voyant dans l'embarras, firent du feu sur le rivage, afin que la fumée nous guidât pour aller à terre ; mais nous avions entendu dire tant de mal de ces insulaires que nous ne savions trop ce que nous devions attendre.

» Le radeau fut achevé dans la nuit. Le lendemain matin le premier maître et quatre matelots se mirent dans la chaloupe, emportant avec eux un long cordage pour l'amarrer à terre. Le refoulement était très-fort le long des rochers qui bordent la côte ; le canot fut brisé en pièces avant que nos gens arrivassent ; mais comme ils étaient assez près de terre, ils y sautèrent, à l'aide des naturels, et le cordage se trouva fixé.

» Il y avait à bord deux femmes anglaises : l'une d'elles et le capitaine refusèrent de se mettre sur le radeau, mais l'autre femme et une cinquantaine d'hommes s'y hasardèrent. Je me déshabillai et j'attachai autour de mes reins une bourse et une coupe d'argent. A peine arrivés au milieu des brisans, la première lame fit chavirer le radeau et nous jeta à l'eau. Je plongeai plusieurs fois, et je n'atteignis la terre qu'avec bien de la peine, ce qui arriva aussi à tous ceux qui s'étaient hasardés sur le radeau, à l'exception de la femme, qui fut noyée à côté de moi. Pour comble de malheur, le navire fut poussé plus près de la terre, où il ne tarda pas à être mis en pièces.

» Nous étions à peu près cent soixante en

comptant les Lascars. Les habitans du pays commencèrent à s'alarmer ; nous eûmes bientôt autour de nous près de trois cents nègres , qui se mirent à prendre des pièces de soie et de calicot fin , mais ils laissèrent la mousseline de côté.

» Cependant un naturel nous amena un bœuf et nous fit signe de le tuer ; nous lui donnâmes à entendre que nous n'avions ni armes à feu ni munitions : alors il nous prêta son fusil tout chargé , et l'un de nous tira sur l'animal.

» Nous restâmes dans ce lieu deux jours et deux nuits sans prendre de résolution , ni sans savoir que faire ; nous apprîmes que le fort Dauphin n'était éloigné que de soixante milles ; mais les préventions que nous avions conçues contre les habitans de ce canton , nous empêchèrent d'en prendre la route.

» Dans la soirée du jour suivant, nous entendîmes à une grande distance un homme nous parler en anglais ; quand il fut plus près , nous reconnûmes qu'en effet c'était un de nos compatriotes : il nous demanda qui nous étions ; sur notre réponse , il apprit au capitaine que le roi du pays l'avait envoyé pour nous dire que , quoique étrangers, nous n'avions rien à craindre, et qu'il viendrait nous voir le lendemain. Cet Anglais ajouta , en réponse à nos questions , qu'allant aux Indes, le vaisseau sur lequel il passait fut pillé par un pirate, qui s'empara de sa personne et de neuf autres matelots, puis laissa le bâtiment. Mais cet Anglais, nommé Sam, trouva le moyen de s'échapper, et le roi de cette contrée lui avait donné insensiblement sa confiance.

» Vers une heure après-midi, arriva le prince avec près de deux cents naturels armés de lances. En les voyant s'approcher, nous nous serrâmes en un corps et le capitaine à notre tête, nous leur fîmes face. Quand ils furent près de nous, le roi appela Sam, et lui demanda qui était notre capitaine; quand il le lui eut indiqué, il le salua et le prit par la main. Il nous fit alors présent de quatre grands bœufs et d'autres provisions, ainsi que de vases pour les faire cuire.

» Ce roi, qui débutait si bien avec nous, mais dont les bons procédés devaient se démentir, nous proposa de le suivre dans sa ville principale. Nous y consentîmes, parce que nous ne pouvions faire autrement; et il était bien cruel pour nous de nous enfoncer dans les terres.

» Nous arrivâmes à un petit village consistant en une dizaine de huttes qui n'avaient guère que huit à neuf pieds de largeur, et six à sept de hauteur. Nos gens y entrèrent en rampant par la porte, haute seulement de trois à quatre pieds, pour s'y reposer pendant la chaleur du jour.

8

» La résidence du roi, où nous arrivâmes troisième jour de notre voyage, était dans u bois, et défendue par des rangées d'arbres droi élancés, et si près les uns des autres, qu'il éta impossible d'y passer ; ils étaient d'ailleurs arm d'épines si fortes, qu'on n'aurait pu y grimper ni pénétrer dans leur massif. Il n'y avait qu deux portes ou passages, l'une au nord, l'aut au sud, par lesquelles deux hommes seuls po vaient entrer de front.

» Nous vécûmes quelque temps assez tran quilles, jusqu'à ce que le roi nous prévint qu avait l'intention de nous disperser dans plusieu villes : il était à craindre que ce ne fût po nous tenir dans l'esclavage toute notre vie. Po nous préserver de ce malheur, nous eûmes l'au dace de nous saisir de plusieurs fusils et d'en mener le roi prisonnier, avec son fils et sa femm Nous prîmes la route du fort Dauphin. Mais cet hardiesse fut sans effet, parce que nous eûm l'inconcevable imprudence de relâcher nos pr sonniers, nous confiant imprudemment aux pr messes qu'on nous fit de ne point tirer sur no un seul coup de fusil. Au moment de passer u grande rivière, plusieurs d'entre nous se repo saient sous des arbres : les naturels, dont no étions toujours suivis, nous joignirent, et mas sacrèrent ceux qui se croyaient en sûreté. J'éta de ce nombre ; mais il y en avait encore vingt derrière moi. Voyant que ces barbares tuaient ceux qu'ils atteignaient, je déchirai mon habit ; puis ma veste, afin que ces vêtemens ne me causassent point d'embarras ; et je me mis à courir au moment où les plus avancés des nôtres avaient passé la rivière, que je traversai aussi à la nage. Nous n'avions entre nous que trente-six fusils, et bien peu d'hommes étaient en état de combattre. Que pouvait cette poignée de monde contre une troupe de près de quatre mille hommes !

Nous parvînmes cependant à les tenir à une certaine distance pendant tout un jour. Mais nos munitions étant épuisées, il fallut faire le meilleur traité possible avec les naturels. Ils exigèrent la remise de nos armes, et nous nous vîmes dans la nécessité d'y consentir. Le lendemain que nous eûmes mis le comble à notre imprudence, un fils du roi s'empara de moi, et de quatre autres jeunes garçons de mon âge, et nous remit entre les mains de ses gens, qui nous lièrent avec des cordes. Je vis ensuite ce même personnage percer d'un coup de lance la gorge et les côtes de notre capitaine. Il en fit autant à un autre, et le reste de sa troupe ayant suivi son exemple, tous mes compagnons furent bientôt massacrés. Les nègres se mirent ensuite à dépouiller les cadavres. Quant à moi, je pensai que le même sort m'était réservé, surtout en voyant un des chefs courir sur moi la lance en arrêt, mais l'homme qui me tenait l'empêcha de me frapper. Il n'y eut de sauvés que moi et trois autres jeunes gens. On nous fit esclaves. Le plus âgé de nous n'avait pas plus de seize ans. On nous sépara dès ce moment, les uns des autres.

» Je passai plusieurs années en captivité, changeant quelquefois de demeure, et prenant part aux guerres des naturels. Dans une entrevue que j'eus avec un chef nommé Rinnano, il témoigna sa surprise de voir un blanc servir des nègres, et ajouta que si le roi de la baie Saint-Augustin m'avait en sa possession, il me donnerait des vêtemens, et prendrait soin de moi jusqu'à ce qu'un bâtiment, monté par des blancs, tel qu'il en vient fréquemment en ce lieu, me prît à bord.

» Les avis que j'avais reçus de Rinnano me décidèrent à m'échapper, et à gagner la baie Saint-Augustin, qui ne me semblait éloignée que d'un peu plus de vingt journées de route. Mon maître changea le lieu de sa résidence, ce qui changea totalement mes projets.

» Dans une expédition contre l'ennemi, on me permit de porter un fusil. Dans l'assaut qu'on donna à une ville, j'eus le bonheur de faire pri-

sonnières la femme et la fille du chef. Celle-ci,
âgée d'environ seize ans, était très-jolie. Mon
maître m'offrit de choisir celle des deux qu'il
me conviendrait. Mon choix ne fut pas difficile,
et la fille ne faisant aucune objection, je la pris
pour ma femme. Par suite mon sort fut plus
supportable, et ce fut le seul agrément dont je
jouis pendant mon esclavage.

» A la fin pourtant, bien déterminé à m'échapper, j'effectuai mon dessein au milieu d'une
nuit obscure, après avoir vainement essayé de
persuader à ma femme de me suivre. J'éprouvai
un chagrin véritable à la laisser. J'arrivai dans
une ville dont le chef me prit sous sa protection.
Un jeune anglais qui se trouva dans le pays me
prit en affection. Nous convînmes réciproquement
que le premier des deux qui réussirait à retourner dans sa patrie par un moyen quelconque,
donnerait des nouvelles de l'autre à sa famille :
mon jeune ami eut la générosité de me tenir
parole.

» Il arriva deux navires. L'un des deux capitaines fit dire qu'il avait une lettre de mon père
pour moi. Le maître avec qui j'étais alors me
pria de rester avec lui, mais il ne s'opposa point
à mon départ ; et quand je lui demandai ce que
le capitaine aurait à donner pour ma rançon,
il répondit : Rien du tout ; il ajouta que si mes

amis et moi voulions lui faire présent d'un fusil,
il le garderait en mémoire de moi. On lui en
donna un très-joli, avec de la poudre, des pierres
à fusil, et une caisse d'eau-de-vie.

» Quand j'aperçus les deux capitaines, j'eus
l'air aussi ébahi que si je n'eusse jamais vu de
blancs. J'étais tout nu, à l'exception d'un morceau d'étoffe que j'avais autour des reins. Ma
peau était noirâtre et couverte de taches. Mes
cheveux étaient longs et attachés tous ensemble,
de sorte que j'avais un aspect effrayant. On ne
tarda pas à me rendre l'apparence d'un européen ; on coupa mes cheveux, on me rasa, puis
on me vêtit d'un habillement de matelot, léger
et approprié à un climat chaud. Trois jours
après j'allai à bord, où la mer et le changement
de régime me rendirent très malade pendant
trois ou quatre jours.

» Le 20 janvier 1717, je dis adieu à Madagascar.
A Sainte-Hélène, où nous touchâmes, j'allai
à terre et je pris soin des esclaves malades. Nous
gagnâmes ensuite la Jamaïque, où nous vendî-
mes notre cargaison de nègres. Non-seulement
le capitaine eut pour moi les soins d'un père,
tant que je fus à bord, mais il me fournit aussi de
l'argent dans tous les endroits où nous abordâmes ; j'en connaissais à peine l'usage, et je
commis quelques erreurs singulières.

» Je quittai la Jamaïque le 5 juillet, et le samedi 9 décembre, j'arrivai en Angleterre, après une absence de seize ans et neuf mois. J'adressai à Dieu mes actions de grâces, de me voir de retour dans mon pays, après les dangers imminens auxquels j'avais été exposé, et les misères que j'avais endurées, dont j'étais l'unique cause par ma désobéissance aux volontés de mon père, et mon opiniâtreté à vouloir passer dans le Bengale. »

XV. Naufrage de la comtesse de *Bourk*, sur les côtes de *Gigeris*, dans le royaume d'Alger, et aventures de mademoiselle de *Bourk*, sa fille, en 1719.

Le comte de Bourk, officier irlandais au service d'Espagne, ayant été nommé ambassadeur extraordinaire de cette cour à celle de Suède, son épouse, qui résidait en France avec toute sa famille, se détermina à le rejoindre à Madrid. Elle demanda, à cet effet, et obtint un passeport pour s'y rendre avec toute sa famille. Arrivée à Montpellier, on la dissuada de faire son voyage par terre, au travers des armées de France et d'Angleterre, quoique les généraux lui eussent offert tout ce qui dépendait d'eux pour assurer son passage jusqu'aux frontières d'Espagne, et que le marquis de Berwick, fils du maréchal, lui eût promis telle escorte qu'elle souhaiterait depuis les frontières jusqu'à Girone, où il commandait les troupes espagnoles. Mais peut-on toujours vaincre la fatalité qui nous poursuit? La crainte des armées, jointe à la commodité du transport, lui fit écouter ce qu'on lui représentait; sans s'exposer à tant de périls ou de frais, le plus court était de s'embarquer à Cette (ville du Bas-Languedoc), d'où elle pouvait en vingt-quatre heures se rendre à Barcelone. Elle prit ce parti d'autant plus facilement qu'elle avait déjà fait plusieurs voyages sur mer. Son passe-port ayant été changé, elle se rendit à Cette, et fut contrainte de nauliser une tartane génoise, seul bâtiment qu'elle trouva prêt à mettre à la voile pour Barcelone.

Madame la comtesse de Bourk s'embarqua avec son fils, âgé de huit ans ; sa fille, âgée de neuf ans et dix mois ; l'abbé de Bourk ; une fille de chambre, de Valence en Dauphiné ; une gouvernante pour ses enfans ; une jeune fille qu'elle avait prise, par charité, chez les religieuses de Villefranche, près Lyon ; une quatrième fille de chambre, de Strasbourg ; un maître-d'hôtel, un laquais : ces personnes et deux autres composaient toute sa suite. Elle embarqua aussi une partie de ses meubles et plusieurs effets précieux ; il y avait, entre autres, une riche argenterie ; un portrait en miniature du roi d'Espagne, enchâssé dans une main d'or massif enrichie de diamans ; une magnifique chapelle composée de trois calices et d'ornemens des plus riches, six paires d'habits de cour, etc. Tout était renfermé dans dix-sept ballots ou caisses plombées.

La tartane mit à la voile le 22 octobre 1719. Le 25 du même mois à la pointe du jour, un

8..

corsaire d'Alger, de quatorze canons, dont le
capitaine était un renégat hollandais, parut à
deux lieues environ au large de la tartane, qui
était à la hauteur et à la vue de Palamos. Le
capitaine, pour s'en rendre maître, détacha sa
chaloupe avec vingt Turcs armés ; ceux-ci en
abordant tirèrent sept à huit coups de fusil sans
blesser personne, parce que tout l'équipage
s'était couché sur le ventre, ou s'était caché.
Les Turcs montèrent dans la tartane, le sabre
à la main, et coururent à la chambre de poupe,
où était la comtesse de Bourk, et y posèrent
quatre sentinelles ; ils conduisirent ensuite la
tartane au vaisseau corsaire. Dans la traversée,
les Turcs pillaient à droite et à gauche : ils burent aussi sans mesure du vin et de l'eau-de-vie.

Etant arrivés au vaisseau corsaire, ils y firent
passer tout l'équipage génois, qui fut aussitôt
mis à la chaîne. Le capitaine se transporta ensuite sur la tartane, et se présenta à la chambre
de madame de Bourk ; il lui demanda qui elle
était, de quelle nation, d'où elle venait, et où
elle allait? Elle répondit qu'elle était française,
et venait de France pour passer en Espagne. Il
voulut voir son passe-port; qu'elle lui présenta
sans le sortir de ses mains, dans la crainte que
ces barbares ne le déchirassent; mais sur l'assurance que le corsaire lui donna qu'il le lui rendrait

lorsqu'il l'aurait examiné, elle le lui abandonna. Après l'avoir lu avec son interprète, il le lui remit, en disant qu'il était bon, et qu'elle n'avait rien à craindre pour elle, sa suite et ses effets. Madame de Bourk lui représenta alors qu'étant libre par son passe-port et par sa naissance, elle désirait qu'il la fît conduire dans sa chaloupe sur les côtes d'Espagne dont elle était si proche; qu'il devait cette considération au passe-port de France; en agissant de la sorte, il lui épargnerait beaucoup de fatigues, et à son époux des inquiétudes mortelles; que s'il lui rendait ce service, elle saurait le reconnaître dans l'occasion. Le corsaire répliqua qu'étant renégat, il ne pouvait en user de la sorte, qu'il y allait de sa tête; que le dey d'Alger se persuaderait aisément que, sous prétexte du passe-port de France, il aurait rançonné une famille ennemie de son état, et l'aurait remise en terre chrétienne; qu'il fallait absolument qu'elle le suivît jusqu'à Alger: que son passe-port, aussi bien que sa personne, fussent représentés au dey, et que cela fait, on la remettrait entre les mains du consul de France, qui la ferait transporter en Espagne, par telle voie qu'elle et lui jugeraient à propos; qu'il lui donnait l'option, ou de passer sur son bord, ou de demeurer sur la tartane, sur laquelle elle serait plus libre que sur son vaisseau; qu'il lui conseillait de prendre plutôt ce dernier parti, ne lui convenant pas de se commettre, ni toutes les filles qui l'accompagnaient, avec près de deux cents Turcs ou Maures qui montaient son navire. Madame de Bouck accepta de demeurer sur la tartane ; le capitaine y mit seulement sept Turcs ou Maures pour faire la manœuvre, l'amarra à son vaisseau pour la remorquer, après en avoir enlevé la chaloupe, trois ancres et toutes les provisions, à la réserve de celles de madame de Bourk. Après ces dispositions, le corsaire prit la route d'Alger.

Les 28, 29 et 30, il s'éleva une furieuse tempête, pendant laquelle le câble de remorque fut cassé, et la tartane séparée du vaisseau. Le commandant et les autres Turcs, fort ignorans sur la manœuvre (car le corsaire n'y avait pas mis ses meilleurs mariniers), et qui manquaient d'ailleurs de boussole, celle de la tartane ayant été brisée dans la fureur de l'abordage, s'abandonnèrent au gré des vents et de la mer. La tartane fut poussée néanmoins sur la côte de Barbarie, le 1 de novembre, dans un golfe appelé *Colo*, au levant de *Gigeri*. On y jeta l'ancre, et le commandant de la tartane, qui ne connaissait pas la terre, envoya deux Maures à la nage pour s'informer des habitans du pays, en quels lieux ils étaient.

Les Maures des environs, qui avaient aperçu la tartane, s'étaient rendus armés et en grand nombre sur le rivage, pour s'opposer à la descente, se persuadant que c'était un vaisseau chrétien qui venait pour les enlever, eux ou leurs bestiaux; mais ils furent détrompés par les Maures du corsaire, qui leur dirent que c'était une prise faite sur les chrétiens, et qu'il y avait dedans une grande princesse de France que l'on conduisait à Alger. L'un des deux Maures étant demeuré à terre, l'autre revint à la nage rendre raison de sa commission, apprenant au patron de la tartane quelle était cette côte où il avait mouillé. Sur cet avis, le commandant, impatient de se rendre à Alger, et de rejoindre son corsaire, ne se donnant point la patience de lever l'ancre, coupa le câble et mit à la voile, sans ancre, sans chaloupe et sans boussole.

Il n'était pas à une demi-lieue du golfe, qu'il paya cher son imprudence; un vent contraire s'éleva, dont il ne put se rendre maître, et qui le repoussa sur la côte; il voulut se servir de ses rames, mais la faiblesse de l'équipage les rendait inutiles, et malgré ses efforts, la tartane donna contre un rocher, et se brisa. Toute la poupe fut aussitôt submergée, et madame de Bourk, qui était en prières dans la chambre avec son fils et ses filles de chambre, fut noyée avec eux. Ceux qui se trouvèrent du côté de la proue, entre lesquels était M. l'abbé de Bourk, le sieur Arture, Irlandais, le maître-d'hôtel, une des filles de chambre et le laquais, s'accrochèrent aux débris qui étaient sur le rocher.

Le sieur Arture ayant aperçu quelque chose dans l'eau qui se débattait contre les flots, s'y précipita ; il trouva que c'était mademoiselle de Bourk, qu'il retira, et la mit entre les mains du maître-d'hôtel, lui recommandant d'en avoir soin, ajoutant que pour lui il allait se jeter à la nage, parce qu'il était le seul qui sût nager. Heureux s'il ne s'était pas fié sur son adresse ! car depuis ce moment, il ne parut plus. M. l'abbé descendit le premier du débris de la tartane sur le rocher où elle s'était brisée, il s'y soutint quelque temps contre la violence des vagues avec son couteau qu'il avait enfoncé de force dans la fente du rocher ; il en fut plusieurs fois couvert ; elles le poussèrent même du côté d'une roche séchée, d'où pour gagner le rivage, il avait encore un petit bras de mer à passer ; pour y parvenir, il voulut se saisir d'une planche du débris qu'il trouva sous ses mains, mais elle lui échappa. Enfin il se servit d'une rame avec laquelle il gagna un rocher adhérent à la terre ferme. Les Maures, qui étaient sur le rivage, le saisirent, le dépouillèrent, lui coupèrent ses habits jusqu'à sa chemise, et le maltraitèrent encore. Les autres Maures, en grand nombre se jetèrent à l'envi dans la mer, s'attendant de trouver un riche butin. Le maître-d'hôtel, qui tenait entre ses bras mademoiselle de Bourk, fit signe à deux de ces barbares, qui vinrent à lui, et quand ils furent à quatre pas, il la leur jeta, ils la reçurent, et la prenant l'un par la main, l'autre par un pied, ils la portèrent au rivage, où ils lui ôtèrent seulement un soulier et un bas pour gage de sa servitude. Le maître-d'hôtel, qui a confirmé toutes les circonstances de ce tragique événement, a assuré que, pendant qu'il la tenait encore entre ses bras, voyant venir ses barbares, elle lui dit d'un air au-dessus de son âge : « Je ne crains pas que ces gens-là me tuent, mais j'appréhende qu'ils ne veuillent me faire changer de religion ; cependant je souffrirai plutôt la mort, que de manquer à ce que j'ai promis à Dieu. » Il la confirma dans ce généreux sentiment, l'assurant qu'il était dans la même résolution, à quoi elle l'exhorta d'une manière fort pressante.

La fille de chambre et le domestique, chacun de leur côté, se jetèrent à la mer, où les Maures les prirent et leur firent passer le bras de mer ; ils les conduisirent jusqu'au rivage, où ils furent entièrement dépouillés. Le maître-d'hôtel s'étant jeté le dernier au gré des flots, et se servant d'une corde pour gagner de rocher en rocher, fut joint par un Maure qui le dépouilla avant de le mettre sur le rivage.

Ce fut en ce pitoyable et honteux état qu'ils furent conduits d'abord jusqu'aux cabanes de la première montagne. On les pressait de marcher, à force de coups, dans des chemins raboteux qui mirent leurs pieds tout en sang. La fille de chambre surtout était à plaindre ; cette fille était presque couverte de son sang, s'étant fait plusieurs plaies en s'accrochant ou passant sur les rochers ; ils étaient de plus chargés chacun d'un paquet de hardes mouillées, et portaient tour-à-tour la jeune demoiselle. Arrivés à demi-morts à la montagne, ils furent reçus parmi les huées des Maures et les cris des enfans. Ces barbares avaient avec eux beaucoup de chiens, qui sont fort communs dans ce pays-là ; ces animaux, excités par le tumulte, y joignirent leurs aboiemens ; l'un d'eux d'un coup de gueule, fit plusieurs plaies à la jambe du laquais, et un autre emporta un morceau de la cuisse à la fille de chambre.

Ces infortunés furent partagés ; la fille de chambre et le laquais furent livrés à un Maure de l'adouard, ou village, et la Providence permit que mademoiselle de Bourk et le maître-d'hôtel l

passassent sous un autre et même maître. Il leur
donna d'abord à chacun une mauvaise capote
remplie de vermine; pour toute nourriture, après
tant de fatigues, ils eurent un petit morceau de
pain de sarrasin, pétri sans levain et cuit sous
la cendre, avec un peu d'eau, et pour lit la
terre nue. Le maître-d'hôtel, voyant la demoiselle toute morfondue par ses habits pénétrés
d'eau, obtint avec peine qu'on allumât un peu
de feu, devant lequel il pressa toutes ses hardes
l'une après l'autre, et la revêtit de ses habits à
demi-secs, ne pouvant pas demeurer nue plus
long-temps. Ce fut dans cet état qu'elle passa
la première nuit, avec beaucoup d'incommodités et de frayeur.

Il y avait dans ce lieu environ cinquante habitans, tous logés dans cinq ou six cabanes
faites de branches d'arbres et de roseaux, dans
lesquelles ils demeurent pêle-mêle, hommes,
femmes, enfans et bestiaux de toute espèce.
Ces barbares s'assemblèrent dans celle où étaient
les deux captifs, et tinrent conseil sur leur sort:
les uns, par un principe de leur fausse religion,
concluaient à la mort, afin de s'assurer le paradis
de Mahomet par le sacrifice de ces chrétiens;
les autres, par un principe d'intérêt et par l'espérance d'une forte rançon, furent d'un avis
contraire : ainsi toute l'assemblée se sépara sans
rien conclure.

Le jour suivant, ayant appelé les habitans des adouards voisins, ils revinrent en plus grand nombre. Cette journée fut extrêmement orageuse pour les nouveaux esclaves. Plusieurs de ces barbares leur faisaient les plus grandes menaces, en leur montrant du feu et leur faisant entendre qu'ils les allaient brûler tout vifs; d'autres, tirant leurs sabres, paraissaient vouloir leur trancher la tête; un d'entre eux prit mademoiselle de Bourk par les cheveux, et lui appliqua le tranchant de son sabre sur le cou; d'autres chargeaient leurs fusils à balle en leur présence, et les couchaient en joue. Le maître-d'hôtel leur fit comprendre par signes qu'ils tenaient à grand bonheur de mourir pour la religion chrétienne, et que toute la perte tomberait sur eux-mêmes, qui se priveraient par cet acte d'inhumanité de la rançon qu'ils pouvaient espérer de leur prise. Les plus ardens se radoucirent, mais les enfans et les femmes redoublaient leurs insultes à tous momens.

On les gardait avec tant d'exactitude qu'un Maure, la hallebarde en main, les accompagnait même dans le besoin naturel, de peur qu'ils ne se sauvassent, ou que leur proie ne leur fût enlevée de force. Ils en furent en effet menacés peu de jours après par le bey de Constantine, qui leur manda de les lui envoyer, s'ils ne vou-

laient pas qu'il allât lui-même avec son camp
les leur arracher ; à quoi les Maures répondirent
qu'ils ne craignaient ni lui ni son camp, quand
il serait joint à celui d'Alger. Les montagnes
qu'ils habitent les rendent indépendans.

Tel était l'état de ces victimes du sort le
plus malheureux. Leur consolation unique était
due au secours de leur religion ; mais leurs
maux furent encore aggravés par l'affreux spectacle qui se présenta à leurs yeux. Les Maures,
non contens d'avoir en leur possession les cinq
échappés du naufrage, voulurent encore profiter
des effets que la mer avait engloutis, et qu'ils
croyaient considérables. Comme ils sont aussi
habiles plongeurs qu'ils sont bons coureurs sur
les montagnes, ils eurent bientôt tiré du fond
de la mer les ballots et les caisses, ainsi que
les corps morts. Ils avaient amené avec eux le
maître-d'hôtel et le domestique, pour les aider
à transporter dans la montagne ce qu'ils pourraient repêcher. Après avoir retiré les corps sur
le rivage, ils les mirent à nu pour profiter des
habits ; ils coupèrent même avec des cailloux
les doigts à madame de Bourk pour avoir ses
bagues, craignant de profaner leurs couteaux
s'ils les appliquaient sur le corps des chrétiens.

Quel spectacle pour ces malheureux captifs,
que de voir les corps de personnes si respecta-

bles, ainsi exposés à l'injure du temps, à l
pâture des bêtes, et, ce qui leur était mille fo
plus sensible, aux insultes des Maures, qui le
jetaient des pierres, prenant plaisir à faire r
sonner à chaque coup ces corps enflés par l'ea
le maître-d'hôtel voulut leur représenter, comm
il put dans sa consternation, qu'ils violaient tou
humanité, qu'ils devaient du moins souffrir qu'
les enterrât ; mais ils répondirent qu'ils n'e
terraient pas les chiens. Un Maure, qui av
chargé le laquais d'un ballot, voulut le fai
passer auprès de ces corps, parce que c'ét
son plus court chemin ; mais il ne put jama
l'y contraindre, et ce domestique vertueux p
nétré d'horreur, aima mieux grimper sur
rocher escarpé, que de voir de près de si trist
objets.

Cependant les Maures partagèrent le buti
les plus riches étoffes furent coupées par mo
ceaux, et distribuées aux enfans pour en orn
leur tête ; l'argenterie fut vendue à l'enchèr
et les trois calices, dont un seul valait au moi
quatre cents livres, furent donnés ensemble po
moins de cinq livres, parce qu'ayant été tern
par l'eau de la mer, leur couleur et leur trava
qui leur était inconnu, les leur fit estimer d
vaisseaux de cuivre et de peu d'importance.
l'égard des livres qu'ils trouvèrent, les regarda

mme des meubles inutiles, ils en abandonnè-
nt aisément quelques-uns au maître-d'hôtel et
l laquais, qu'ils avaient forcés de leur aider à
ansporter leurs ballots. Le maître-d'hôtel retira
ssi son écritoire, qui lui servit fort à propos,
mme on le verra dans la suite.

Dans les trois semaines qu'ils demeurèrent
ce lieu, mademoiselle de Bourk, profitant
e l'écritoire et d'un peu de papier blanc qui se
ouvait au commencement et à la fin des livres
ue le maître-d'hôtel avaient apportés, écrivit
ois lettres au consul de France à Alger, mais
les ne furent point rendues. Trois semaines
rès leur naufrage, ils furent transférés au
ilieu des hautes montagnes de Conco, où ap-
aremment le scheik, commandant de ces bar-
ares, faisait sa résidence. Douze d'entre eux,
rmés de sabres, de fusils et de hallebardes, les
onduisaient. Ils obligèrent l'abbé et le maître-
hôtel à porter tour-à-tour la demoiselle à tra-
ers les montagnes escarpées. Ces Maures ac-
outumés à franchir ces lieux avec vitesse, les
ressaient malgré leur fatigue, à force de
ourrades, de marcher plus vite qu'ils ne pou-
aient. Ils firent ainsi une grande journée : sur
e soir, on donna à chacun un morceau de pain,
vec le soulagement de coucher sur des planches
our la première fois.

Le scheik et les principaux de ces Maures tinrent un grand conseil au sujet des captifs ; mais n'ayant pu s'accorder sur le partage qu'ils voulaient en faire, la résolution fut de les renvoyer d'où ils venaient. Avant de partir, le maître-d'hôtel retira un peu de paille de quelques bestiaux qui étaient près de là, pour la mettre sous la demoiselle ; le patron de la cabane en fut si indigné, qu'il prit une hache, lui fit mettre la tête sur un billot, et allait la lui couper, si un Maure qui survint à propos ne l'en eût empêché. Trois ou quatre fois par jour, suivant leur humeur barbare, ils venaient les prendre à la gorge, après avoir fermé les portes de leur cabane, de peur d'en être empêchés ; et, le sabre à la main, ils se mettaient en état de les tuer ; mais une main invisible arrêtait leur bras et réprimait leur fureur.

Comme on les retenait toujours, malgré la résolution qu'on avait prise de les renvoyer à leur premier maître, celui-ci, accompagné d'un Turc de Bugie (ville maritime de la régence d'Alger), vint pour les enlever ; mais seize Maures des montagnes les contraignirent, les armes à la main, de les abandonner. Ce barbare, ne pouvant emmener sa proie, se saisit de la demoiselle, et tira son sabre pour lui couper la tête ; mais le Turc parvint à l'en empêcher par ses remontrances. Enfin ils se mirent en route. Ceux qui les conduisaient, emportés par le faux zèle de leur religion ou par leur humeur sanguinaire, se mettaient à chaque instant en devoir de les immoler. Ils entraînèrent une fois, entre autres, l'abbé et le maître-d'hôtel derrière un gros buisson, pour y faire ce sacrifice à leur prophète; mais ces infortunées victimes échappèrent encore à ce péril.

Ils arrivèrent le soir à l'adouard, lieu de leur triste esclavage. On leur donna des feuilles de navets crues à manger sans pain, ce qui leur est plusieurs fois arrivé. Cependant l'amitié que les enfans conçurent peu à peu pour la demoiselle, lui procurait la douceur d'un peu de lait qu'on lui donnait avec son pain. Telle est la manie des Maures, d'accorder en considération de leur fils ce qu'on leur demande en son nom ou ce qu'il leur demande lui-même. Aussi le compliment ordinaire, quand on veut obtenir quelque grâce, c'est de dire : *Accorde-moi ceci par la face de ton fils.*

Enfin, une quatrième lettre que mademoiselle de Bourk écrivit à M. le consul français, la seule qui ait été rendue, arriva le 24 novembre à Alger; le dey l'envoya au consul de France, qui en fit part aussitôt à M. Dusault, envoyé extraordinaire du roi. Cette infortunée demoiselle y décrivait simplement, mais d'un style touchant, qu'après le naufrage de sa mère, elle avait été réduite et sa suite, dans une captivité des plus affreuses; qu'ils y mouraient de faim, qu'ils y enduraient tous les mauvais traitemens qu'on peut attendre des ennemis de la religion et de toute humanité. Elle le priait instamment d'avoir compassion de leur misère, et de leur envoyer quelque secours, en attendant qu'il pût leur procurer la liberté, dont les menaces continuelles des barbares leur faisaient perdre l'espérance. Cette lettre toucha sensiblement tous ceux qui en firent lecture. Chacun offrit de l'argent et ses services à M. Dusault, qui n'avait pas besoin d'être pressé sur ce sujet, connaissant parfaitement la famille de mademoiselle de Bourk. Il donna aussitôt ses ordres pour appareiller une tartane française qui était dans le port, fit acheter des habits, avec des provisions, et obtint du dey une lettre de recommandation pour le grand marabout ou grand-prêtre de Bugie, qui a le plus d'autorité sur ces peuples. Il écrivit aussi à la demoiselle, et lui adressa quelques présens. Dès le soir du même jour, la tartane mit à la voile, et en peu de temps elle arriva à Bugie.

Là, Ibrahim-Aga, truchement de la nation, envoyé par M. Dusault dans la tartane, présenta les lettres du dey d'Alger et de M. Dusault au grand-marabout. Celui-ci, quoique malade, se leva aussitôt, monta à cheval avec le marabout de Giger, le truchement et six ou sept autres Maures, et prit la route des montagnes, qui étaient à cinq ou six journées de Bugie. A leur arrivée, les Maures maîtres des captifs, ayant aperçu la troupe de loin, s'enfermèrent dans leur cabane, au nombre de dix ou douze, le sabre à la main. Les marabouts frappèrent rudement à la porte, et demandèrent où étaient les chrétiens; on leur répondit qu'ils étaient à l'extrémité de l'adouard; mais un Maure qui était dehors, leur fit signe qu'ils étaient dans la cabane. Aussitôt la troupe mit pied à terre, et se fit ouvrir la porte. Les Maures prirent la fuite et les marabouts entrèrent. A leur aspect, les esclaves crurent que l'heure de leur sacrifice était arrivée; mais leurs inquiétudes furent calmées par le grand-marabout, qui s'approcha de mademoiselle de Bourk, lui remit la lettre de M. le consul, et lui donna du pain et des noix de sa provision; car, quand on voyage en Afrique, il faut porter de quoi vivre. Il passa la nuit dans la cabane avec toute sa suite, et dès le matin il envoya chercher les Maures par leurs enfans. Etant venus selon ses ordres, ils lui baisèrent tous la main, suivant leur coutume; car les Maures ont un profond respect pour leurs marabouts ; ils les craignent plus que toute autre puissance, leur malédiction leur est plus redoutable que toutes les menaces d'Alger. C'est au nom du marabout, et non pas au nom de Dieu, que les pauvres demandent l'aumône.

Le grand-marabout fit aussi appeler le commandant des montagnes et les chefs des cabanes de l'adouard. Lorsqu'ils se furent rendus à celle où il était, il déclara que le sujet de sa venue était pour réclamer cinq Français échappés au naufrage ; que la France étant en paix avec tout le royaume d'Alger, ils ne devaient pas, contre la foi des traités, retenir ces Français, déjà assez malheureux d'avoir perdu leur famille et leurs biens, sans les priver encore de leur liberté et de la vie ; que, quoique les Maures montagnards ne fussent pas soumis à l'autorité d'Alger, ils ne laissaient pas de jouir des avantages de la paix avec la France ; qu'ils commettraient enfin une grande injustice s'ils ne les relâchaient pas, ayant assez profité de leurs riches dépouilles. Les Maures se défendaient du mieux qu'ils pouvaient par de mauvaises raisons.

Les tristes naufragés, pendant ces contestations, perdaient peu à peu la joie qu'ils avaient conçue d'être bientôt délivrés de leur dur esclavage ; l'inquiétude succéda au rayon d'espérance qu'ils avaient entrevue. Mais leur consternation fut

entière, quand l'interprète leur dit que les
Maures, pressés par toutes les raisons du marabout, consentaient à la liberté des esclaves, à
condition que le scheik ou commandant retien-
drait la demoiselle, disant qu'il la destinait pour
épouse à son fils, âgé de quatorze ans ; qu'il
n'était pas indigne d'elle, et que quand elle
serait la fille du roi de France, son fils la valait
bien, étant né du roi des montagnes. Ils trouvèrent ce nouvel incident plus fâcheux que tous
les autres, et leur captivité leur parut moins
dure que la nécessité qui les forçait de laisser
leur maîtresse, si jeune entre les mains des
barbares.

Telle était leur triste situation et les vives
alarmes de mademoiselle de Bourk, tant que le
scheik se rendit inflexible ; mais enfin le marabout, après l'avoir tiré à quartier, lui mit quelques sultanins d'or dans la main, avec assurance
d'une plus grande quantité : l'or le rendit en un
instant plus traitable. On convint du rachat de
tous pour neuf cents piastres du poids de deux
pistoles et demie chacune, payables incessamment. Les montagnards déclarèrent aux députés
en terminant l'accord, que leur condescendance
venait plutôt de la vénération qu'ils portaient à
leur marabout, que d'aucune crainte qu'ils eussent du dey d'Alger. Le marabout, ayant laissé

en otage un Turc et plusieurs joyaux de ses femmes, enleva les cinq esclaves.

Ils prirent le chemin de Bugie. Dans la route, ils passaient la nuit avec leur suite dans la cabane des Maures, quand ils en pouvaient trouver.

A leur arrivée à Bugie, le 9 décembre, on donna aux esclaves des chemises sous leurs capotes, parce que les habits qu'on leur avait achetés, et envoyés, avaient servi à faire des présens pour faciliter leur liberté. On les embarqua le 10 au soir sur la tartane, qui arriva à Alger le 13 à la pointe du jour. Dans le moment qu'elle fut aperçue, le capitaine du vaisseau de M. Dusault fit tirer un coup de canon ; la tartane y répondit par quatre coups de pierriers; ce signal annonça leur arrivée, qu'on attendait avec impatience et inquiétude. On envoya aussitôt la chaloupe du vaisseau pour les mettre à terre. M. le consul et les principaux de la nation furent au-devant d'eux pour les accompagner depuis le port jusqu'à l'hôtel de l'ambassadeur, qui se trouva rempli de chrétiens, de Turcs et même de juifs. M. l'ambassadeur reçut la demoiselle à l'entrée de la cour, et la prenant par la main, il la conduisit d'abord à sa chapelle où elle entendit la messe. Le *Te Deum* fut ensuite chanté en actions de grâces de cet heureux affranchissement.

Chacun eut peine à retenir ses larmes, les Turcs mêmes et les juifs paraissaient touchés. En effet, cette demoiselle, qui n'avait pas encore dix ans, après avoir passé par toutes les alarmes, le dénûment et les fatigues de son esclavage, avait encore un certain air de noblesse ; ses manières et ses discours annonçaient une heureuse éducation, et montraient une âme au-dessus des épreuves cruelles qu'elle venait d'essuyer.

Après quelques jours accordés pour le délassement de ces infortunés et des Maures qui les avaient conduits, on délivra au député du grand-marabout les neuf cents piastres dont on était convenu pour la rançon de mademoiselle de Bourk et de sa suite. M. Dusault y joignit des présens pour ce marabout et les autres officiers qui l'avaient aidé dans sa négociation.

Le 5 janvier 1720, mademoiselle de Bourk, accompagnée de son oncle et de sa femme de chambre, s'embarqua sur le vaisseau de M. Dusault ; elle arriva à Marseille le 20 mars de la même année. Le marquis de Varennes, son oncle, vint la recevoir des mains de M. Dusault.

Mademoiselle de Bourk resta encore quelque temps dans le sein de sa famille, jusqu'à son mariage avec le marquis de T***. Elle passa des jours heureux avec lui. Ce n'est qu'en 1780 qu'elle mourut. Ses enfans jouissent de l'estime publique dans la ci-devant Provence.

◦◦◦

XVI. Relation, par Jean Dean, du naufrage du *Sussex*, vaisseau de la compagnie des Indes, près de la côte de Madagascar, en 1738.

Le vaisseau *le Sussex*, retournant de Canton (Chine) en Angleterre, fut, le 9 mars 1738, à six heures du matin, accueilli d'une violente bourrasque, à l'est du cap de Bonne-Espérance. La misaine et les huniers étaient dehors ; on cargua ces dernières voiles. Deux heures après, le petit hunier fut déchiré ; le frottement qu'éprouva la misaine la fit déchirer aussi ; le vent augmenta, et aussitôt le vaisseau vint en travers de la lame, et donna le plat-bord dans l'eau. Le charpentier sonda la pompe et trouva trois pieds d'eau dans la cale ; on fit, à l'instant, jouer les pompes à bras et à chaînes, mais l'eau gagna tellement, qu'à dix heures il y en avait dix pieds. On ordonna de virer de bord, et l'on coupa le mât d'artimon ; mais le vaisseau arriva si lentement qu'on en craignit les suites. On se décida à couper le grand mât ; alors le bâtiment arriva et se releva beaucoup. On pompa avec de nouveaux efforts, et l'on vint si bien à bout de franchir l'eau, qu'à cinq heures du matin il n'y

en avait plus que deux pieds et demi. Le Sussex
marcha de conserve avec le *Winchester*, capitaine Dove, pendant toute la nuit du 10 au 11
mars. Vers six heures du matin, le capitaine
tint, dans sa chambre, conseil avec tous ses
officiers sur ce qu'il y avait à faire. Il vint ensuite
avec eux sur le pont, et fit appeler tout le monde. Il demanda qu'elles étaient les personnes qui
voulaient aller sur le Winchester; avant qu'on
pût lui répondre, il dit que les officiers avaient
résolu d'y passer, et que le charpentier avait
affirmé, par serment, que le Sussex n'était pas
en état de doubler le cap. Beaucoup d'hommes
de l'équipage consentirent à passer sur le Winchester; mais Dean, avec plusieurs autres, dirent
au capitaine qu'à tous hasards ils voulaient rester sur le Sussex, pour le conduire en sûreté
dans quelque port, car il était honteux d'abandonner un tel bâtiment. Le capitaine, qui aurait
dû profiter de cet avis, n'en fut nullement ému ;
il commanda d'attacher le yacht à l'extrémité
du babord (côté gauche) de la vergue, et de tirer
deux coups de canon pour faire approcher le
Winchester. Dean, et ceux qui avaient le projet
de rester, descendirent pour faire jouer une
des pompes. Cependant, l'indigne capitaine, les
officiers et ceux qui étaient dans l'intention de
quitter le bâtiment, pillèrent et mirent de côté

Tout ce qu'ils purent, pour l'emporter; puis, quand le capitaine eut découvert le dessein de ceux qui étaient résolus de rester sur le Sussex, il ordonna d'enfoncer la péniche, ce qui fut fait à l'instant. Trois matelots, de leur côté, coupèrent le bord de ce bâtiment en deux endroits, puis, sautant vers les deux extrémités, ils rompirent aisément la quille, car cette embarcation n'était presque soutenue que par le milieu.

Vers sept heures, le capitaine et les subrécargues (commis écrivains) quittèrent le Sussex, et tous ceux qui avaient le même projet les suivirent aussi vite que les canots purent les transporter. Il ne resta sur le Sussex, que seize hommes, quoique dans le premier moment une trentaine eussent manifesté la même intention. Trois hommes de l'équipage en prirent le commandement. Pendant quelques jours le temps fut beau et doux; on remplaça le mât d'artimon par celui du grand canot, et on le pourvut de voiles; ensuite on se partagea les habits que l'on trouva.

Quatre jours après s'être séparé du Winchester, le Sussex eut connaissance de Madagascar, et fit route pour la baie de Saint-Augustin. Au bout de deux jours, il mouilla le soir, en vue de la baie, et le lendemain il y entra. On hissa le pavillon, et on tira le canon pour faire venir les insulaires le long du rivage.

Dans la matinée, deux hommes, dont l'un savait parler anglais, vinrent à bord dans une pirogue, et apportèrent un pot de miel, disant que c'était un présent du roi de Barbar pour le capitaine. Le navire ne faisait pas alors beaucoup d'eau ; l'équipage, qui avait été très-occupé ce jour-là, ne travailla pas le lendemain, qui était le dimanche, et l'on fit la prière comme à l'ordinaire. Le lundi, l'aide calfat et le menuisier travaillèrent à raccommoder la péniche ; et tout le reste de la semaine se passa à faire un hauban et des manœuvres pour un grand mât supplémentaire.

Quelques hommes de l'équipage allèrent à terre dans la péniche, pour faire connaissance avec les habitans du pays ; mais ils ne trouvèrent que les deux hommes qui étaient déjà venus à bord, et un autre homme avec une femme. Ces Mádécasses ne voulurent aller sur le Sussex que lorsqu'ils apprirent que c'était un bâtiment anglais. Quatre principaux officiers du roi vinrent à bord. L'interprète dit au marin qui tenait la place du capitaine, que le roi désirait le voir à Jubar, sa ville capitale. Ce marin y alla, et fut bien reçu ; le roi lui ayant demandé combien il y avait d'hommes à bord, il répondit trente. Le marin, après un séjour de quarante-huit heures dans la résidence du roi, retourna à bord où l'on apporta une grande quantité de provisions.

Deux jours après, le roi vint à bord; l'équipage le traita le mieux qui lui fut possible. Ne voyant que peu de monde, ce prince demanda où était le reste des hommes; on lui répondit qu'ils étaient en bas et malades. On entama une espèce de trafic, on donna de la porcelaine pour des vivres.

Cependant les Madécasses voyant si peu de monde, commencèrent à se montrer incommodes et insolens, à un tel point, que l'on fut obligé de placer une sentinelle armée à chaque passavant, pour les empêcher de venir à bord, ce qu'ils semblaient désirer ardemment.

On fit les réparations nécessaires à la mâture et à la manœuvre; après quoi l'on acheta pour trois barils de poudre à canon, six esclaves que l'on faisait travailler pendant le jour, et que l'on mettait aux fers dans la nuit. On donna au roi le fusil du chirurgien, ainsi qu'une jarre de rack; il envoya deux chèvres en échange. Il vint ensuite à bord avec dix de ses femmes; on fit présent à chacune d'une jatte de porcelaine, et chacune fit cadeau d'une chèvre.

Comme les Madécasses continuaient à être extrêmement incommodes, car ils essayaient toujours de monter à bord du bâtiment, et

même y lançaient des javelots, il était à craindre
qu'ils n'eussent formé le dessein de massacrer
l'équipage à la première occasion favorable. Les
Anglais pensèrent donc que , pour mettre en
sûreté leur existence , ainsi que le navire et sa
cargaison, il était à propos d'aller à Mosambique,
et d'y attendre la saison convenable pour essayer
de doubler le cap de Bonne-Espérance.

Ils levèrent l'ancre et firent route pour Mosambique , après un séjour d'environ trois semaines dans la baie Saint-Augustin. Le temps
était très-beau. Le second jour du voyage ils ne
trouvèrent que seize pouces d'eau en sondant la
pompe, et aussitôt après elle ne rendit plus
d'eau.

Le temps se couvrit dans la soirée, et vers
dix heures le malheureux vaisseau toucha ; au
second choc, il perdit son gouvernail et resta
immobile. L'équipage voyant qu'il n'y avait plus
moyen de le sauver, dégagea la chaloupe pour
la mettre à la mer ; mais elle avait été défoncée,
et avait besoin de réparation. Les Anglais étaient
peu nombreux , et ils ne pouvaient se hasarder
à la radouber, parce que la mer brisait avec
furie sur le bâtiment. Ils hissèrent donc la péniche de dessus le pont, et la laissèrent toute la
nuit suspendue le long du bord , après y avoir
placé une boussole, des cartes géographiques ,

de la poudre, et des outils de charpentier ; puis ils passèrent toute la nuit en prières. Les lames continuaient de briser avec fureur sur l'arrière du bâtiment qui fut bientôt entièrement enfoncé. A six heures du matin, on descendit la péniche, et neuf hommes s'y embarquèrent ; les autres se décidèrent à attendre dans le vaisseau la chance de ce qui pourrait arriver, jugeant qu'il n'y avait pas d'espoir de se sauver dans la péniche, parce que la mer brisait avec trop de force. En effet, dès qu'elle fut à la mer, la première lame en enleva un homme qui regagna le bord sans accident, la seconde emporta la péniche, et fit disparaître les huit autres marins. Il y en eut trois de noyés ; cinq, après avoir nagé quelque temps, furent repoussés dans un endroit où l'eau était peu profonde. Ces hommes ayant ensuite vu flotter l'avant de la péniche, l'un d'eux y alla en nageant, et appela ses camarades qui le suivirent et le secondèrent. Ils se saisirent de toutes les planches des débris du bâtiment que la mer poussait vers eux, et les fixèrent en travers de la péniche, afin de la rendre plus capable de flotter. Ils eurent aussi le bonheur de voir flotter et de s'emparer d'une bande de lard. Vers midi, ils s'aperçurent que le Sussex était emporté par la mer, et dans la soirée il fut poussé contre les écueils, où il demeura presque à sec. Ils parvinrent à construire un arrière à la péniche, dont on boucha les fentes avec de l'étoupe que l'on tira d'une corde de la péniche. Ces hommes patiens et industrieux n'avaient pour travailler que deux petits couteaux et un crochet qu'ils avaient arraché de cette embarcation.

Le troisième jour, après avoir quitté le navire, ils commencèrent un voyage des plus hasardeux, et naviguèrent dix-sept jours avant d'arriver de nouveau à Madagascar. Ils n'eurent, pendant tout ce temps, pour subsister, que la bande de lard, le peu d'eau qui était dans une barrique, et quelques petits crabes qu'ils avaient trouvés flottant à la surface de la mer. Ils firent régulièrement leurs prières deux fois par jour, et en mettant pied à terre, ils rendirent grâces à Dieu de les avoir miraculeusement sauvés d'un danger si imminent.

Les cinq hommes qui abordèrent à Madagascar étaient quatre Anglais, nommés Jacques Holland, Etienne Wicks, Guillaume Eadnell et Jean Dean, auteur de cette relation, qui n'a point fait connaître nommément le cinquième, français de nation. Au reste de ces cinq infortunés, il n'échappa à la mort que le seul Jean Dean. Il vit successivement expirer de faim et de fatigues ses quatre malheureux compagnons, dans les différentes courses qu'il leur fallut faire dans l'île vaste et montueuse de Madagascar

Cependant il rend justice aux trois nègres qui la gouvernent, et à l'humanité de leurs sujets, qu'on représente comme des barbares : il y en eut qui furent assez sensibles à leurs souffrances pour partager avec eux le peu de vivres qu'ils possédaient et pour porter sur leurs épaules ceux qui ne pouvaient plus marcher.

Enfin, après avoir erré pendant plusieurs mois, Dean arriva à Joungoult, lieu de la résidence d'un des rois de Madagascar. Il aperçut deux bâtimens dans ce port, et apprit avec bien du plaisir que l'un était anglais, ce qui ranima ses espérances de revoir sa patrie, et de recueillir le fruit des souffrances et des dangers qu'il avait essuyés.

Son espoir ne fut point déçu ; le capitaine le fit embarquer avec lui dans son canot, et il arriva heureusement, à bord du *Prince Guillaume*, vaisseau de la compagnie des Indes, destiné pour Bombay. Quelle joie pour Dean de se trouver au milieu de ses compatriotes ! ils se félicitèrent tous de son arrivée à bord, et se réjouirent cordialement de ce qu'il avait échappé à tant de dangers, miracle dont la bonté et la miséricorde de Dieu l'avaient seules favorisé au milieu de ses compagnons d'infortune.

Dean, à son retour en Angleterre, envoya le

récit de ses aventures à la compagnie des Indes, qui lui accorda une pension, et ordonna de faire son portrait, que l'on voit encore à l'hôtel de la compagnie. Il mourut le 17 décembre 1747.

∞∞∞∞∞∞∞∞∞∞∞∞∞∞∞∞∞∞∞∞∞∞∞∞∞∞∞∞∞∞∞∞∞∞∞∞

XVII. Relation du naufrage et incendie du vaisseau français *le Prince*, de la compagnie des Indes, allant du port de Lorient à Pondichéry, en 1752.

Le vaisseau *le Prince*, de la compagnie française des Indes, commandé par M. Morin, et destiné pour Pondichéry, appareilla le 19 février 1752, de la rade du port de Lorient, pour se rendre au lieu de sa destination ; à peine eut-il doublé l'île Saint-Michel, que, par les changemens des vents, il se trouva dans l'impossibilité de doubler le banc du Turc. Les efforts les plus extraordinaires, soutenus des plus grandes précautions, ne l'empêchèrent pas de toucher sur ce banc de l'avant à l'arrière. La bouche des canons était plongée dans l'eau (dit M. de la Fond, l'un des lieutenans du navire). Nous annonçâmes notre malheur par des signaux de détresse. M. Godeheu, commandant du port de Lorient, se transporta à bord pour animer l'équipage par sa présence et par ses ordres ; on mit en sûreté,

dans de petits bâtimens , toutes les caisses et
marchandises les plus précieuses ; on soulagea
les deux côtés du navire ; les travaux les plus
pénibles nous occupèrent toute la nuit. Enfin la
marée du matin nous releva, et nous donna la
facilité d'aller occuper un des postes de la rade
du port Louis. Nous avions des voies d'eau ,
qu'heureusement nos pompes franchissaient. Dans
ce poste , nous déchargeâmes le vaisseau de la
moitié de sa cargaison , et huit jours après nous
rentrâmes dans le port de Lorient·, où on le
déchargea entièrement. On le caréna encore ,
et on lui donna un nouveau doublage. Tant de
précautions promettaient un heureux voyage :
mais il s'en fallait beaucoup que ce vaisseau fût
destiné à nous le procurer.

Le 10 de juin 1752, un vent favorable nous
éloigna du port ; mais après une heureuse navigation, qui nous promettait l'accomplissement
de tous nos vœux, nous éprouvâmes le plus affreux désastre. Le 26 juillet, le vent soufflant
bon frais , dans le moment qu'on observait le
point du midi, à l'entrée d'un quart que je devais
commander, un homme annonça que la fumée
sortait imperceptiblement du panneau de la
grande écoutille. A cette nouvelle, le premier
lieutenant chargé des clés de la cale, en fit ouvrir toutes les écoutilles, pour découvrir la cause

d'un accident dont les plus légers soupçons font toujours trembler les plus intrépides. Le capitaine, qui était à table dans la grande chambre, se présenta sur le gaillard, donna ses ordres pour étouffer le feu ; je les avais déjà prévenus, en faisant tremper dans la mer quelques voiles pour en couvrir les écoutilles, et par ce moyen empêcher l'air d'entrer dans la cale ; j'avais même proposé, pour plus grande sûreté, de faire entrer l'eau dans l'entre-pont à la hauteur d'un pied. Mais déjà l'air, qui avait un libre passage par l'ouverture des écoutilles, occasionna une très-épaisse fumée qui sortit avec abondance, et le feu s'anima de plus en plus.

Le capitaine fit armer soixante à quatre-vingts soldats pour contenir l'équipage et éviter la confusion. Tout le monde était occupé à jeter de l'eau, on fit usage des seaux et de toutes les pompes, l'eau même des jarres fut répandue. Cependant la rapidité de l'incendie rendait toutes ces précautions inutiles, et augmentait la consternation.

Le capitaine avait déjà fait mettre à la mer la yole, uniquement parce qu'elle embarrassait ; quatre hommes, dont le bossement était du nombre, s'en emparèrent. Ils n'avaient pas d'avirons, ils hélèrent pour en avoir, et trois matelots se jetant à la mer, conduisirent des avirons à bord de ce petit canot. On voulait faire revenir ces heureux fugitifs ; ils crièrent qu'ils n'avaient pas de gouvernail, qu'il fallait donc leur jeter une amarre ; mais s'appercevant que le progrès de l'incendie ne leur laissait d'autre ressource que l'éloignement, ils nagèrent pour éviter une mort certaine, et le vaisseau qui avait un peu d'air les dépassa.

O travaillait encore à bord ; l'impossibilité de se sauver semblait augmenter le courage. Le maître d'équipage ne craignit pas de descendre dans la cale, mais la trop grande chaleur le força de remonter au plus vite ; il aurait même été brûlé si l'on n'eût jeté sur lui une grande quantité d'eau. Incontinent après on vit sortir les flammes avec impétuosité du grand panneau. Le capitaine ordonna alors de mettre les bateaux à la mer ; mais la crainte avait tellement épuisé les forces des plus intrépides, qu'ils ne pesaient que très-faiblement sur les palans. Le canot était cependant à une certaine élévation, on allait le lancer à la mer ; mais, pour comble de malheur, le feu, dont l'activité redoublait à chaque moment, monta le long du grand mât avec tant de rapidité et de violence, qu'il brûla les cordes des palans ; le canot tombant alors sur les canons de tribord (la droite), versa sur le côté, et on perdit tout espoir de le relever.

Nous vîmes, en cet instant, que nous ne devions plus mettre nos espérances dans les bras des hommes, mais dans la miséricorde de Dieu. L'accablement s'empara des esprits, la consternation devint générale, on n'entendit plus que des gémissemens; les animaux mêmes poussaient des cris effroyables. Tout le monde commença alors à élever son cœur et ses mains vers le ciel, et, dans la certitude d'une mort prochaine, chacun n'était plus occupé que de l'affreuse alternative entre les deux élémens prêts à nous dévorer.

L'aumônier, qui était sur le gaillard de l'arrière, donna l'absolution générale, et passa dans la galerie pour en accorder le bienfait aux malheureux qui s'étaient déjà précipités dans les flots. Quel horrible spectacle! Chacun n'est occupé qu'à jeter à la mer tout ce qui peut leur procurer un instant de vie, cage, vergues, planches; tout ce qui se présente sous la main égarée par le désespoir est saisi, arraché. La confusion était extrême; les uns semblaient aller au-devant de la mort, en se jetant dans la mer; les autres gagnaient à la nage les premiers débris du vaisseau; les haubans, les vergues, les cordes le long du bord, tout était rempli de malheureux qui y étaient suspendus, et comme hésitant entre deux extrémités également terribles et présentes.

Toujours incertain du sort que la Providence me destinait, je vis un père arracher des flammes son fils, l'embrasser, le jeter à la mer, le suivre, le saisir et mourir avec lui. J'avais fait mettre la barre à tribord, le vaisseau arriva, et cette manœuvre nous conserva quelque temps de ce côté, pendant que l'incendie ravageait le côté de babord, de l'avant à l'arrière. J'avais été si occupé jusqu'alors, que je ne pensais encore qu'à la conservation du vaisseau : les horreurs d'un double genre de mort se présentèrent à moi dans ce moment, mais le ciel voulut bien me conserver toute ma fermeté. Je jette les yeux de tous côtés, je me vois seul sur le pont. Les vergues et les mâts étaient chargés d'hommes qui luttaient contre les flots autour du vaisseau, et dont plusieurs étaient emportés à chaque instant par des boulets, que la flamme faisait sortir des canons; troisième genre de mort qui augmentait encore l'horreur dont nous étions environnés. Le cœur serré d'angoisses, je détourne mes regards de la mer. Un moment après, j'entre dans la galerie du côté de tribord, je vois la flamme sortir avec un bruit épouvantable par les fenêtres de la grande chambre et de celles du conseil. Le feu m'approchait et allait me dévorer ; ma présence était alors inutile pour la conservation du vaisseau et le soulagement de mes frères.

Dans cette fâcheuse situation, je crus devoir prolonger les dernières heures de ma vie, pour les donner à Dieu. Je me décharge de mes habits, je veux me laisser rouler le long d'une vergue dont un bout touchait à la mer ; mais elle était si chargée de malheureux que la crainte de se noyer y retenait encore, que je roulai par-dessus eux, et je tombai dans la mer, en me recommandant à la miséricorde du ciel. Un soldat vigoureux qui se noyait, me saisit dans cette extrémité ; je fais les derniers efforts pour m'en débarrasser, mais inutilement. Je me laisse couler au-dessous de l'eau, il ne me quitte pas pour cela ; je replonge une seconde fois, mais il me tient toujours ferme ; il ne peut pas même penser que ma mort hâte la sienne, plutôt que de lui être utile. Enfin, après un temps considérable de combat, ses forces étant épuisées par la quantité d'eau qu'il avalait, et voyant que je plongeais pour la troisième fois, il crut que j'allais l'entraîner au fond de la mer, et me laissa la liberté ; pour ne plus lui donner prise, je m'élevai au-dessus de l'eau à quelque distance de lui.

Cette première aventure m'inspira plus de précautions dans ma route ; j'évitais même les cadavres ; le nombre en était déjà si grand, que, pour me donner un libre passage, j'étais obligé

de les éloigner d'une main en me soutenant de
l'autre. Mes forces commençant à diminuer ne
m'annonçaient que trop que j'avais besoin d'une
station ; une vergue s'offrit à mes yeux , elle
était toute chargée de monde, et je n'osai y
prendre place sans en demander la permission ,
que ces infortunés m'accordèrent volontiers. Les
uns étaient tout nus , et les autres en chemise ;
ils avaient encore la bonté de plaindre mon sort,
et leur malheur mettait ma sensibilité à la plus
rude épreuve.

Le grand mât , brûlé par le pied , et tombant
à la mer , donna par sa chute la mort aux uns,
et aux autres une faible ressource ; je vis ce mât
chargé de monde, abandonné au gré des flots.
Dans le moment j'aperçus deux matelots sur une
cage à poules ; je leur criai : « Mes enfans, les
portières à la main : nagez jusqu'à moi. » Ces
portières sont des planches de sapin. Ils m'approchèrent accompagnés de quelques autres ;
je saisis cette cage, et tous, une portière à la
main , qui nous servait d'aviron, nous allâmes
nous joindre à ceux qui s'étaient emparés du
grand mât. J'y rencontrai heureusement l'aumônier qui me donna l'absolution. Nous étions
près de quatre-vingts hommes , tous menacés
d'être emportés par les boulets que la flamme
chassait des canons. Hélas ! notre capitaine, M.

Morin, qui ne quitta point le vaisseau, fut sans doute enseveli sous ses ruines. Je vis aussi sur le mât deux jeunes demoiselles dont la piété m'édifia ; il y avait six femmes sur le vaisseau, les quatre autres étaient déjà noyées ou brûlées. Notre cher aumônier, dans cette affreuse situation, touchait les cœurs les plus insensibles par ses pieux discours et ses exemples de patience et de résignation. L'ayant vu tourner sur le mât et tomber à la mer, comme j'étais derrière lui, je le relevai. Laissez-moi aller, me dit-il, je suis rempli d'eau, et je ne ferais que prolonger mes souffrances. Non, mon frère, lui dis-je, nous mourrons ensemble, quand les forces m'abandonneront. Dans cette sainte compagnie, j'étais sans crainte résigné à la mort ; j'y restai trois heures, et je vis une des deux demoiselles tomber de lassitude et se noyer : elle était trop éloignée de moi pour que je pusse la soutenir.

Comme j'y pensais le moins, j'aperçus la yole assez proche de nous ; il était alors cinq heures du soir. Je criai aux rameurs que j'étais leur lieutenant, et leur demandai la permission de partager avec eux notre infortune ; ils m'accordèrent la liberté d'entrer dans leur canot, à la seule condition d'aller moi-même les joindre à la nage ; il était de leur intérêt d'avoir un conducteur pour découvrir la terre. Je rassemblai toutes mes forces, et je fus assez heureux pour y parvenir à la nage. Peu après j'aperçus le pilote et le maître, que je venais de laisser sur le grand mât, tous deux suivre mon exemple; ils vinrent à la nage vers la yole, et nous les reçûmes. Cet heureux canot fut l'arche qui sauva les dix personnes qui échappèrent seules de près de trois cents.

Cependant les flammes dévoraient toujours notre vaisseau; nous n'en étions éloignés que d'une demi-lieue; notre trop grande proximité pouvant nous être funeste, nous nageâmes un peu au vent. Peu de temps après, le feu s'étant communiqué à nos poudres de cargaison, je ne saurais exprimer avec quel fracas notre malheureux navire sauta en l'air. Un nuage des plus épais nous déroba la lumière du soleil : dans cette affreuse obscurité, nous n'aperçûmes que de grosses pièces de bois en feu, lancées au milieu des airs, et dont la chute menaçait d'écraser nombre d'infortunés qui luttaient encore contre les dernières atteintes de la mort. Nous n'étions pas nous-mêmes à l'abri des plus grandes frayeurs; un de ces débris pouvait nous atteindre, et engloutir notre frêle nacelle.

Graces au ciel, ma fermeté ne m'abandonna pas : je proposai d'aller vers ces débris, pour tâcher de trouver quelques vivres et autres choses nécessaires. Nous avions besoin de tout, et nous étions exposés à mourir de faim, mort plus lente et plus cruelle que celle de nos frères. La nuit approchait; Dieu, qui voulait notre conservation, nous fit trouver une barrique d'eau-de-vie, environ quinze livres de lard salé, une pièce d'écalarte, et quelques cordes. La nuit nous surprit, et nous ne pouvions pas perdre de temps à attendre le jour, sans nous exposer cent fois à périr parmi les débris dont nous n'avions pu encore nous dégager. Nous nous éloignâmes donc le plus promptement qu'il nous fut possible, pour nous occuper de l'ârmement de notre nouveau bâtiment. Un aviron nous tint lieu de mât, une gaffe de vergue, notre pièce d'écarlate nous fournit une voile. Il ne s'agissait plus que de diriger la route; nous n'avions ni carte, ni instrument de marine, et nous étions à près de deux cents lieues de terre. Nous nous abandonnâmes à la miséricorde divine, dont nous implorâmes l'assistance par de ferventes prières.

Nous voguâmes huit jours et huit nuits sans apercevoir la terre, exposés tout nus aux rayons brûlans du soleil et au froid piquant de la nuit. Le sixième jour, une petite pluie nous fit espérer du soulagement à la soif qui nous dévorait; nous tâchions de recueillir avec la bouche et les mains le peu d'eau qui tombait. Nous léchions

10

notre voile d'écarlate ; mais cette étoffe déjà imbibée d'eau de mer, en communiquait l'amertume à la pluie qu'elle recevait. D'un autre côté, si la pluie avait été plus forte, elle aurait pu faire tomber le vent qui nous poussait, et le calme nous aurait à la fin fait périr. Pour fixer les incertitudes de notre route, nous consultions chaque jour le lever et le coucher du soleil et de la lune. Un très-petit morceau de lard salé nous fournissait un repas pour vingt-quatre heures ; encore fûmes-nous obligés de l'abandonner au quatrième jour, parce qu'il nous occasionna un crachement de sang. Un coup d'eau-de-vie, de temps en temps, faisait notre boisson ; mais cette liqueur nous brûlait l'estomac sans l'humecter.

Je passai la huitième nuit au gouvernail, j'en tins la barre pendant plus de dix heures, en demandant souvent qu'on me relevât, j'y succombais ; mes malheureux compagnons étaient dans le même état d'épuisement, et le désespoir commençait à s'emparer de nous. Enfin, presque anéantis de fatigue, de misère, de faim et de soif, les premiers rayons du soleil nous firent découvrir la terre le mercredi 3 août 1752. Il faudrait avoir éprouvé nos malheurs, pour imaginer la révolution que la joie fit en nous. A deux heures après-midi nous abordâmes la côte du

Brésil, et nous entrâmes dans la baie de Tesson ;
une lieue plus loin, nous étions brisés à la côte
de Fer. Notre premier soin, en mettant pied à
terre, fut de remercier le ciel de la faveur qu'il
nous accordait ; nous nous précipitions sur cette
plage tant désirée, et dans le transport de sa
joie, chacun de nous s'y roulait sur le sable.
Notre aspect était horrible, nos figures ne con-
servaient encore quelque chose d'humain que
pour annoncer plus sensiblement nos malheurs.

Les uns étaient tout nus, les autres n'avaient
que des chemises pourries et en lambeaux ; j'avais
pris une ceinture d'écarlate pour paraître à la
tête de mes compagnons.

Nous fûmes reçus par tous les Portugais, qui
nous virent avec les sentimens de la plus touchante humanité. Arrivés à Paraïbo, le gouverneur de cette place nous accueillit comme des frères échappés aux plus grands périls. Nous voulions
nous rendre promptement à Fernambouc, pour
profiter de l'occasion d'une flotte portugaise qui
devait incessamment faire voile pour l'Europe.
Après quatre jours de marche, moi sur un cheval
qu'on m'avait prêté, à cause que j'avais les pieds
déchirés, nous entrâmes dans la ville de Fernambouc. Le général de la flotte, don Juan
d'Acosta de Brito, nous combla de politesse et
de bontés. Me voyant nu, il me donna un ha-

billement complet. Le général de terre, don Joseph Corréa, ne déploya pas moins d'humanité à notre égard. Il me fit l'honneur de m'admettre à sa table, me fit faire aussi un habit complet, et me donna une épée. Quatre jours après, il m'honora d'une visite, et répandit ses libéralités sur mon équipage, à qui il fit présent de dix pièces d'or, que je fis distribuer proportionnellement au rang de chacun.

Pendant cinquante jours que nous demeurâmes dans cette ville, don Juan d'Acosta de Brito ne cessa de me combler d'honnêtetés et de nouvelles faveurs. Il me donna sa maison, sa table. Sa générosité s'étendait sur tous mes compagnons d'infortune ; il la porta jusqu'à les faire mettre en remplacement sur les vaisseaux de sa flotte, pour leur procurer des appointemens.

Nous partîmes enfin le 5 octobre, et nous arrivâmes à Lisbonne le 17 décembre. M. du Vernay, consul de France, à qui je fus présenté, me procura un petit bâtiment de Morlaix, sur lequel nous montâmes le maître et moi ; mes autres compagnons furent distribués sur d'autres bâtimens. Je me rendis à Lorient, le 10 février 1753, accablé de misère, dénué de tout ce que je possédais au monde, après vingt-huit ans de service, joignez à cela un sang altéré par les maux que je venais d'essuyer.

●○○○

XVIII. Naufrage d'un vaisseau de la compagnie des Indes hollandaises sur la rade du cap de *Bonne-Espérance* en 1773. Action héroïque de *Woltemad*.

Le 1 juin 1773 , il s'éleva un vent très-violent du nord-ouest , accompagné de terribles rafales de pluie ; il continua la nuit suivante avec tant de force , qu'un des quatre vaisseaux de la compagnie, qui était encore en rade , eut les câbles de ses quatre ancres successivement rompus , et fut jeté sur un banc de sable vis-à-vis le rivage de Zont-Rivier , où le poids de sa cargaison le fit fendre en deux. Les flots montaient à une telle hauteur , et la rivière était si prodigieusement enflée , qu'on pouvait à peine la traverser.

Il serait difficile d'évaluer la perte que la compagnie des Indes essuya par ce naufrage ; pour comble de malheur , la plus grande partie de l'équipage périt de la manière la plus déplorable, faute de secours. Soixante-trois hommes seulement se sauvèrent, et cent quarante-neuf furent noyés, et l'on doit avouer , à la honte de l'humanité, que l'on mit beaucoup plus d'activité à sauver les marchandises , qu'à porter des secours à ces infortunés : ceux mêmes qui savaient nager ne furent pas plus heureux que les autres ; car, entraînés par les vagues, ils venaient se briser les membres et le corps contre les rochers, où ils étaient repoussés au milieu de la mer.

Immédiatement après le naufrage du bâtiment, dès la pointe du jour, on prit les plus sages mesures pour sauver les marchandises appartenant à la compagnie ; mais il ne paraît pas qu'on se fût occupé des hommes. Trente soldats de la citadelle, commandés par un jeune lieutenant, eurent ordre de se rendre au lieu du naufrage, et de bien veiller à ce qu'il ne se commît aucun vol. On dressa même une potence avec un placard qui menaçait de la corde, sans aucune forme de procès, tous ceux qui approcheraient. Aussi, les bourgeois compâtissans qui étaient venus de la ville exprès pour donner quelques secours aux malheureux, furent obligés de retourner sur leurs pas, après avoir été témoins de la même dureté et de l'insouciance de plusieurs chefs, qui ne paraissaient pas même s'apercevoir qu'il y avait sur le navire des hommes affaiblis par la faim, par la soif et par la fatigue, et plus encore par le désespoir.

Parmi une foule de particularités qui contribuaient à rendre cette catastrophe encore plus lamentable, il suffira de citer le traitement qu'essuya le constable, qui fut assez heureux pour être du nombre de ceux qui se sauvèrent. Jeté nu et demi-mort sur le rivage, il vit son coffre devant lui, et demanda au lieutenant la permission d'en tirer son surtout ; mais celui-ci la lui refusa, quoiqu'il vît bien la clé attachée au coffre à la manière des marins, et le nom du pauvre constable gravé sur le coffre même. Cet officier crut sans doute donner une grande marque de son zèle en accompagnant son refus de coups de canne, qu'il eut la barbarie d'appliquer sur le dos nu et sanglant d'un infortuné qui n'avait pas besoin d'implorer la pitié pour l'exciter. Enfin, après avoir passé la journée entière, exposé au vent et au froid, sans le moindre vêtement et mourant de besoin, il fut conduit à la ville avec ceux que la Providence avait conservés. Quand on lui donna la permission de fouiller dans son coffre pour y prendre des hardes, il le trouva complètement dévalisé. Un bourgeois, touché de compassion, s'ôta son propre surtout et le lui donna.

» Les détails que l'on vient de présenter, dit l'auteur anonyme de cette relation, laisseraient dans l'esprit des lecteurs des sentimens trop pénibles, pour ne pas les racheter par une anecdote vraiment touchante : il est si doux de rencontrer un homme généreux et bienfaisant, parmi des ogres altérés de sang et d'or !

» Un vieillard européen nommé Woltemad,
chargé du soin des animaux vivans de la ménagerie située au-dessus du jardin, avait un fils,
caporal dans la garnison de la citadelle, et qui
fut un des premiers commandés pour aller à
l'endroit où l'on devait poser la garde pour la
sûreté des marchandises qui seraient retirées du
naufrage. Ce digne père emprunte un cheval,
et va de très-grand matin porter une bouteille
de vin et un pain à son fils; il était de si bonne
heure, qu'on n'avait pas encore dressé la fatale
potence, ni placardé les horribles affiches qui
en indiquaient la coupable destination. Tandis
que ce vieillard s'entretenait avec son fils, il entendit les cris des malheureux qui se lamentaient sur le navire échoué; plein de confiance
dans son cheval, il s'élança avec lui à la nage,
parvient jusqu'au navire, encourage quelques-
uns des naufragés à tenir ferme le bout d'une
corde qu'il leur jette, et dit à deux de ces infortunés de s'attacher à la queue de son cheval.
L'animal était excellent nageur; sa haute stature
et la force de ses muscles triomphèrent de la
violence des coups de mer. Woltemad emmena
sur le rivage les deux infortunés vivans. Encou-
ragé par ce premier succès, il répéta six fois ce
dangereux voyage, et sauva ainsi quatorze hommes. Au septième voyage, le cheval lui parut si
épuisé, qu'il resta un peu plus de temps à terre

pour le laisser reposer. Les malheureux qui étaient encore sur le navire crurent qu'il n'avait plus l'intention de revenir ; ils redoublèrent leurs prières et leurs cris : l'âme sensible de Woltemad fut émue ; il s'élance encore au milieu des flots : ce dernier acte de générosité lui coûta la vie. Un trop grand nombre de personnes saisirent à la fois le cheval ; un homme, entre autres, s'attacha à la bride et attira sous l'eau le pauvre animal, qui succomba sous la charge, et tous furent noyés.

» L'héroïque dévoûment de Woltemad est d'autant plus admirable, que ce généreux vieillard ne savait pas nager ; il prouve combien on aurait pu sauver de monde en attachant au vaisseau une corde, le long de laquelle un homme se serait coulé, soit en se tenant avec les mains, soit en se mettant dans un grand panier dont on aurait passé l'anse dans la corde même.

» Que ne peut-on terminer ce récit affligeant et honteux pour l'humanité par quelque acte de générosité, ou plutôt de justice de la part du gouvernement du Cap envers la mémoire de Woltemad! Son fils demanda à lui succéder dans la misérable place de gardien de la ménagerie : elle fut donnée à un autre. La seule faveur qu'il put obtenir, et que l'on regarde généralement ici comme une punition, ce fut d'aller chercher

10..

fortune à Batavia, où son frère était établi depuis quelque temps, et faisait le commerce. Mais
le jeune caporal ne put résister au mauvais air
de l'île et au chagrin qui le minait : une mort
prématurée l'empêcha de jouir des hommages
que les directeurs de la compagnie en Hollande
ont rendus à la mémoire de son vertueux père.
Frappés d'admiration, ils demandèrent à la régence du Cap de pourvoir le plus promptement
possible à l'avancement des enfans de Woltemad
qui pouvaient être employés dans les départe-
mens civils ou militaires ; ils ordonnèrent aussi
que l'on donna à un vaisseau nouvellement cons-
truit le nom de ce héros de l'humanité, et qu'on
peignît sur la poupe tous les détails de cette
action à jamais mémorable. Il est donc vrai
qu'en tous pays et dans tous les temps, la récompense honorable des belles actions n'a souvent
lieu qu'après la mort de leurs auteurs. »

XIX. Naufrage du vaisseau anglais l'*Union*, sur un banc de sable de l'île de Ré, en 1775.

Le 6 octobre 1775, dit l'auteur de la relation (M. Widebourg , lieutenant dans les troupes hanovriennes), nous nous embarquâmes à Rizembutel , au nombre de cent quatre-vingt-sept hommes, à bord du vaisseau l'*Union*, commandé par le capitaine Néal , et , le 1 novembre , nous mîmes à la voile pour Gibraltar. Notre navigation fut heureuse jusqu'au 13 du même mois ; mais le 14, entre sept et huit heures du matin, le capitaine vint d'un air consterné nous annoncer que le vaisseau avait fait tant d'eau , qu'il ne tarderait pas à couler à fond. Il fit mettre sur-le-champ à la mer trois chaloupes, et il exhorta les officiers qui étaient accourus , à s'en servir pour atteindre un bâtiment de transport peu éloigné de nous. Les officiers sautèrent aussitôt dans une des chaloupes qui , étant encore prise dans les cordages , chavira : ils furent tous engloutis par les vagues.

Le capitaine vit ce triste spectacle : mais ne songeant qu'à se sauver lui-même , et oubliant

le devoir de sa place, qui l'assujettissait à sortir
ce dernier du vaisseau, il s'élança avec plusieurs
matelots dans une autre chaloupe, et, craignant
que nos soldats ne l'y suivissent, il cria au pilote de couper les cordes, d'un côté de la chaloupe, tandis qu'il courut à l'autre bout pour la
dégager. Les soldats, justement alarmés du
danger, voulaient aussi abandonner le vaisseau;
mais je les retins par la promesse que je leur
fis de vivre et mourir avec eux. Au lieu de se
combiner et d'agir ensemble, le capitaine et le
pilote ne coupèrent pas les cordes dans le même
instant; la chaloupe entra d'un côté dans l'eau,
et fut submergée devant nos yeux : un seul matelot regagna le vaisseau. Ces tristes événemens
se passèrent dans l'espace d'un quart-d'heure.

Nous nous trouvâmes alors dans la circonstance la plus affreuse. Le vaisseau était plein
d'eau, et il ne nous restait que six matelots
ignorans et incapables de le gouverner. Dans
une situation aussi affligeante, il était presque
certain que nous allions devenir les victimes
des fausses alarmes du malheureux capitaine.
J'engageai tous ceux qui étaient restés à bord à
pomper sans relâche; nous donnâmes en même
temps les signaux de détresse, pour être secou-
rus d'un autre bâtiment qui se trouvait à peu
de distance de nous; mais la mer étant excessi-

vement agitée, il ne nous restait presque point d'espérance de nous sauver. Le vent éteignit le fanal que nous avions allumé dans la nuit, et il est probable que nos voisins nous croyaient engloutis, puisque dès le lendemain ils avaient disparu.

Nous résolûmes de nous approcher de la première terre, et nous comptions que nous pouvions être à quarante ou cinquante lieues du cap Finistère. Tous les bras ne discontinuèrent point de pomper pendant deux jours. Dans l'après-midi du 15, nous découvrîmes terre à notre droite, et nous nous laissâmes aller de ce côté jusqu'à la nuit. A huit heures du soir, nous aperçûmes une lumière. Le matelot qui gouvernait laissa aller le vaisseau droit sur la terre: heureusement pour nous, une grosse lame nous porta sur un banc de sable, où le vaisseau resta, et cet événement ranima nos espérances. Nous n'étions cependant point encore en lieu de sûreté : de fortes vagues passaient sans cesse sur nos têtes, et nous menaçaient à chaque instant de briser notre vaisseau.

Le 16, au point du jour, nous vîmes beaucoup de monde accourir sur le rivage, et entre autres une partie du régiment royal corse. Nous fûmes bientôt instruits que nous étions sur la côte de l'île de Ré. Le lieutenant-colonel de Maréghé se donna toutes les peines imaginables pour nous faire apporter des secours, et les soldats exposèrent plus d'une fois leur vie pour sauver la nôtre : nous devons en particulier les mêmes éloges à MM. de Falière et Giraud. Quoique nous fussions près de la terre, nous ne pouvions point la gagner sans courir le plus grand danger; et cependant on compta vers le soir jusqu'à soixante-cinq soldats et matelots qui furent sauvés par le courage et par les efforts étonnans de la garnison et des habitans : tous furent logés dans les casernes, et pourvus de tout ce qui pouvait leur être nécessaire.

Le 17, on ne put transporter à terre que cinquante-cinq hommes, à cause de la violence extrême du vent. Le 18, on sauva tous ceux qui y étaient restés, et on se flattait même de pouvoir retirer une partie de la cargaison. Les drapeaux du régiment furent confiés entre les mains du lieutenant du roi. Il a péri dans ce naufrage six officiers, un chirurgien, quatre sous-officiers, sept soldats, plusieurs matelots et une femme. Le comte de Genlis, inspecteur des troupes des colonies, s'est toujours trouvé présent pendant qu'on travaillait à nous transporter à terre. En général nous devons la plus grande et la plus vive reconnaissance à une nation qui sut risquer sa propre vie pour sauver celle des autres.

XX. Naufrage du vaisseau français *le Duras*, dans la mer des Indes, près les îles *Maldives*, en 1777.

Le récit d'un voyage désastreux , où l'on voit une femme jeune et délicate se conduire en héroïne dans les circonstances les plus critiques, doit intéresser tous les lecteurs.

M. Chevreau, commissaire ordonnateur, arriva de l'île de France avec son épouse, au mois d'août 1776. Il devait, conjointement avec M. de Bellecombe, aller faire l'inspection de l'établissement de Madagascar ; mais la saison ne permettant plus à la frégate *la Consolante* , qui les portait, de gagner Pondichéry autrement que par la route la plus longue , M. Chevreau laissa son épouse à l'île de France, pour venir le joindre dans la saison où les traversées ne sont que d'un mois , et se font toujours sous un ciel serein. L'impatience de madame Chevreau, née à Lorient , qui n'avait alors que vingt-trois ans, ne lui permettant pas d'attendre que la mousson fût passée (vent contraire), elle s'embarqua sur *le Duras* avec mademoiselle Goupil, jeune personne de quatorze ans, qui allait à

Pondichéry dans le sein de sa famille. Le vaisseau fut tourmenté par tous les mauvais temps possibles. Le 7 avril, on dirigea la route pour passer entre les Maldives et les Pacgardives, archipel qui se prolonge parallèlement à la côte de Malabar. Un vent frais et favorable faisai déjà oublier les traverses qu'on avait éprouvées on se flattait de naviguer avec sécurité, et, quelque sombre que fût la nuit du 11 au 12 avril, aucun indice ne faisait craindre de rencontrer la terre. Chacun se livrait aux douceurs du repos qu'une nuit plus fraîche rendait plus paisible, lorsque vers les deux heures du matin, l'officier chargé de veiller à la manœuvre, crut apercevoir quelque chose de blanc. Il crie au timonier de changer la route ; mais il n'est plus temps, le vaisseau échoue avec une force proportionnée à sa vitesse.

Tout le monde s'éveille avec terreur ; la nuit semble devenir plus obscure, et les yeux cherchent en vain à percer les ténèbres qui environnent le vaisseau. On ne sait si les écueils sur lesquels il tâtonne sont isolés au milieu de la mer, ou s'ils tiennent à quelque terre ; enfin, au bout d'une demi-heure, on aperçoit un feu sur une petite île. Cette vue, au milieu des horreurs d'un danger aussi pressant, fait luire un rayon d'espérance, et l'on s'occupe des moyens d'échapper au naufrage. Le mât d'artimon tombe sous les coups de la hache ; et, après avoir mis à la mer la chaloupe et le canot, on travaille à décharger le vaisseau du fardeau dangereux de ses autres mâts, qu'on n'abat qu'avec peine. Les lames qui viennent avec fureur frapper contre le vaisseau, le soulèvent pour le laisser retomber sur les rochers, où l'on craint à chaque instant de le voir s'entr'ouvrir. Madame Chevreau semble oublier la faiblesse de son sexe : elle se vêtit de l'habit qui peut le moins l'embarrasser, monte sur le tillac, rassure par sa confiance la jeune personne qui l'accompagne, anime les officiers par son intrépidité, encourage les matelots par ses paroles, et ne montre aucun empressement d'être sauvée la première. Une secousse plus violente se fait sentir ; tout l'équipage croit toucher à son dernier moment. « Ah! Dieu! s'écrie madame Chevreau, que je suis heureuse que mon mari ne soit pas ici! » Exclamation touchante et sublime dans une circonstance où le cœur, livré à ses propres mouvemens, ne peut ni feindre ni exagérer ses sentimens.

Trois heures se passent à préparer les moyens de se sauver avec des vivres pour subsister, et quelques armes pour se défendre. Le canot s'étant brisé, on redoute le même sort pour la chaloupe, et tout l'équipage s occupe à former un radeau. Le point du jour permet enfin de distinguer quelques objets, et l'on aperçoit plusieurs noirs sur la crête du récif à cent vingt toises du vaisseau. On les invite à prêter du secours, mais ils s'y refusent ; on tire plusieurs coups de fusil en signe de détresse, rien ne peut engager ces noirs à s'approcher du vaisseau. On ne peut espérer de gagner la terre sur le radeau, sans avoir un point de retenue : un matelot propose de l'établir ; il nage vers les rochers chargé d'une corde légère, et facilite les moyens de conduire successivement le radeau du navire au récif.

Madame Chevreau, vêtue d'un gilet et d'un pantalon, descend avec confiance sur le radeau. Une lame l'emporte, elle se raccroche à une corde et se place sans effroi à côté de mademoiselle Goupil. Le radeau arrive au récif, qu'un quart de lieue la sépare de terre ; madame Chevreau marcha pendant une demi-heure sur un fond de corail, ayant de l'eau jusqu'aux aisselles. Après avoir abordé la terre, des insulaires les reçoivent avec humanité, et les conduisent sous un hangar couvert de feuilles, où ils leur présentent une boisson rafraîchissante, composée d'eau de coco et de jus exprimé de cannes à sucre, du poisson salé et du tabac à fumer.

L'intérêt que la beauté souffrante inspire à l'homme le plus sauvage, se manifeste dans les soins que donnent les habitans de l'île de Ymitaï à madame Chevreau et à mademoiselle Goupil. Touchés de la délicatesse de leur sexe ou de celle de leurs traits, ils disposent un lit de rotins (roseaux des Indes fendus en lanières) pour les coucher.

Le chef du lieu vint voir le capitaine, lorsqu'il mit pied à terre ; et après lui avoir promis, en payant, du riz pour l'équipage, il écrivit à son roi sur cet événement. Le 21, il en reçut l'ordre de traiter les naufragés comme des amis malheureux auxquels il accordait secours et assistance, et qu'il ne tarderait pas à faire transporter dans son île. En effet, le 24, un grand bateau, suivi de plusieurs autres, vint ranimer un espoir qui ne fut pas trompé : le premier ministre, le général des armées, et un interprète portugais, vinrent complimenter les dames de la part du roi, et les assurer de l'intérêt qu'il prenait à leur malheur. La brise ne permit de partir que le 27 à cinq heures du soir. Madame Chevreau, mademoiselle Goupil, avec deux officiers passagers et le capitaine, montèrent sur un grand bateau, long et pointu pardevant, n'ayant qu'un mât fort incliné sur l'arrière et garni d'une voile latine. Au bout de vingt-quatre heures, ils arrivèrent à l'île du roi.

Le monarque des Maldives fit dire à madame Chevreau qu'il voulait prouver, par les honneurs qu'il lui ferait rendre, combien il était ami de sa nation, et combien il s'estimait heureux que ce naufrage lui en fournit l'occasion. En conséquence, lorsqu'elle descendit à terre, elle fut reçue par une salve de l'artillerie de l'île, qui est fortifiée dans tout son pourtour. Le grand-visir vint au-devant d'elle sur le rivage, la fit placer sous un dais à côté de mademoiselle Goupil, et elles marchèrent au bruit des instrumens entre deux files de soldats, jusqu'à une grande maison royale, que le prince avait fait disposer pour les recevoir.

La reine témoigna quelque désir de voir les deux françaises : on éleva une salle de verdure entre le palais de la reine et la maison de madame Chevreau. Elles y entrèrent en même temps par deux portes qui correspondaient à leurs appartemens, et s'avancèrent l'une vers l'autre. Madame Chevreau, attendu son dénûment, avait pour habit de cérémonie un petit casaquin, un jupon, un mouchoir autour de la tête. La reine était vêtue d'une espèce de robe longue qui ressemblait assez aux aubes de nos prêtres ; son cou, ses bras, ses jambes étaient chargés d'ornemens et de bijoux d'or. La visite dura une heure ; on s'assit, on mangea du bétel,

et la reine fit faire quelques questions à madame Chevreau.

Le roi, avant de quitter ces dames, fit sonder
leurs dispositions sur le cas qu'elles pourraient
faire d'un trône qu'elles partageraient avec lui,
mais elles donnèrent une réponse négative , et
s'embarquèrent le 15 mai sur *la Bretagne* ,
commandée par M. le Termillier. Elles arrivèrent à Pondichéry avec MM. du Saussois
et de Barre , officiers d'infanterie , passagers.
C'est d'eux qu'on a appris les détails intéressans
de ce naufrage, où le sexe le plus faible l'a dis-
puté au nôtre en courage et en résolution.

XXI. Relation du naufrage du navire américain *l'Hercule*, sur la côte de Cafrerie, le 16 juin 1796, par Benjamin Stout.

Le navire américain *l'Hercule*, commandé par le capitaine Benjamin Stout, arriva au Bengale vers la fin de décembre 1795. Quoique le capitaine eût d'autres projets, il fréta son bâtiment à la compagnie anglaise des Indes, et prit à bord plus de neuf mille sacs de riz, qu'il eut ordre de porter à Londres avec la plus grande célérité. On avait reçu, dans l'Inde, la nouvelle que la récolte avait manqué en Angleterre, et l'on embarquait avec une extrême activité des quantités considérables de riz, pour prévenir la disette dans ce pays. La plus grande partie de l'équipage avait été engagée dans l'Inde, et consistait principalement en Lascars ; le reste était un mélange d'Américains, de Danois, de Suédois, de Hollandais et de Portugais : le tout se montait à soixante-quatre hommes. Tous les préparatifs du voyage étant terminés, *l'Hercule* appareilla de la rade de Sagor, le 17 mars 1796.

Rien d'important, dit le capitaine Stout, ne

nous arriva jusqu'au premier juin suivant. Nous étions alors par les 35° de latitude méridionale, et les 28° 40 de longitude orientale. Il s'éleva un coup de vent qui augmenta progressivement le force jusqu'au 7. Quoique j'eusse navigué dès ma plus tendre jeunesse, jamais je n'avais vu une tempête dont les effets égalassent celle dont j'étais alors témoin. Le hurlement continuel des vents et de la mer frappait d'une sorte de stupeur l'esprit des marins les plus expérimentés, tandis que ceux qui étaient moins familiarisés avec les dangers de la vie maritime, manifestaient leurs craintes par des cris. Le temps devint plus mauvais pendant la nuit, et le vent ayant changé tout-à-coup vers minuit, mit le bâtiment en travers de la lame, qui vint frapper l'arrière, enleva le gouvernail, entr'ouvrit l'étambord, et endommagea la poupe.

On sonda aussitôt les pompes : dans quelques minutes l'eau s'était élevée à quatre pieds. On y mit aussitôt du monde, tandis que le reste de l'équipage fut employé à enlever du riz de l'intérieur du bâtiment, et à le jeter à la mer, pour tâcher de découvrir la voie d'eau.

Après avoir jeté près de quatre cents sacs de riz par-dessus bord, on découvrit la voie d'eau. La mer entrait avec une vitesse prodigieuse ; l'on mit aussitôt dans l'ouverture, des draps, des chemises, des jaquettes, des balles de mousselines , et autres objets de ce genre qui tombèrent sous la main. Quoique les pompes vidassent cinquante barriques d'eau par heure , le bâtiment eût certainement coulé à fond, si les expédiens auxquels nous avions recours n'eussent pas été suivis de quelque succès. Ce fut surtout à l'excellente construction des pompes que nous dûmes notre conservation.

Le lendemain , le temps parut se radoucir ; on ne discontinua pas de pomper, et l'on ne négligea rien pour tenir le bâtiment à flot : nous étions à deux cents lieues de la côte orientale d'Afrique.

Le 9 , quoique la violence de la tempête eût beaucoup diminué , la houle était terrible. J'ordonnai , néanmoins, de mettre dehors la chaloupe ; et, comme j'avais des raisons de soupçonner que des personnes de l'équipage voulaient s'en emparer pour s'éloigner , je dis à mon second maître d'en prendre possession avec trois matelots ; je leur donnai des armes , et l'ordre exprès de tirer sur le premier homme qui tenterait d'y entrer sans ma permission ; je leur enjoignis, en même temps, de rester à l'arrière, et de ne pas quitter le bâtiment qu'il n'eût jeté l'ancre.

Je commandai ensuite de faire un radeau avec

les espares les plus grandes. Celui que l'on construisit avait trente-cinq pieds de long sur quinze pieds de large. La crainte de ne pouvoir arriver jusqu'à terre, et la persuasion où j'étais que, dans le cas où le bâtiment coulerait à fond, la chaloupe ne serait pas en état de recevoir tout le monde, me firent prendre les mesures qui m'offraient une chance de sauver l'équipage entier.

Comme le second maître se préparait, conformément à mes ordres, à prendre le commandement de la chaloupe, le charpentier me pria avec instance de quitter le bâtiment; je lui adressai des reproches sur ce qu'il ne veillait pas aux pompes; alors il fondit en larmes, en me disant que tout l'arrière était tellement ébranlé et entr'ouvert, qu'il s'attendait, à chaque instant, à voir le navire couler à fond. Je remarquai facilement que l'air effrayé de cet homme, et le ton ému avec lequel il exprimait ses craintes, avaient déjà augmenté la terreur de l'équipage. Je lui répondis donc que je ferais mon devoir, et que je resterais sur le bâtiment jusqu'à ce que je fusse convaincu, d'après ma propre observation, que tout espoir de se sauver était vain. Le charpentier renouvela ses supplications; je lui ordonnai de me quitter, et l'assurai, en même temps, qu'à moins qu'il n'encourageât

11

tout l'équipage à faire son devoir, et qu'il n'allât sur-le-champ aux pompes, je me déciderais, quoique cela me fût infiniment pénible, à le faire jeter à la mer. Il se retira, et ne cessa pas de travailler avec une persévérance mâle.

Alors un grand nombre de matelots m'entoura, et m'accabla de représentations semblables à celles que le charpentier m'avait adressées : ces hommes faisaient tant de bruit, et différaient tellement d'opinion, que je fus près de me porter à quelque extrémité envers plusieurs d'entre eux. Je fais mention de cette circonstance, parce qu'elle peut servir aux navigateurs chargés d'un commandement. Ils prêtent trop souvent, dans les momens de danger, l'oreille aux décisions de leur équipage, qui est généralement d'avis de quitter le bâtiment, et de se mettre dans les canots ou sur des radeaux. Or, les sentimens et les préjugés des matelots sont tellement opposés entre eux, qu'il ne peut résulter que de la confusion et des malheurs d'une conduite si maladroite. Un équipage, comme le mien, composé d'hommes de nations différentes, exigeait réellement une attention particulière de la part de son commandant. Il peut arriver qu'en caressant, en certains momens, les préjugés religieux de cette classe d'hommes, on obtienne d'eux des services essentiels. Voici ce qui m'arriva à ce sujet,

Dans un instant où la tempête se déchaînait avec le plus de fureur, j'avais envoyé en bas la plus grande partie de l'équipage, et notamment les Lascars, pour pomper ; je vis bientôt l'un d'eux venir, le long du passavant, avec un mouchoir à la main ; je lui demandai ce qu'il voulait faire : d'un ton qui annonçait la confiance la plus entière dans la mesure qu'il proposait, il me répondit qu'il allait faire une offrande à son Dieu. « Ce mouchoir, ajouta-t-il, contient une certaine quantité de riz et toutes les roupies que je possède ; permettez-moi de l'attacher à la hune d'artimon : soyez-en sûr, monsieur, nous serons tous sauvés. » J'allais le renvoyer aux pompes ; mais réfléchissant que, par-là, je pourrais le plonger, ainsi que ses compatriotes, dans le désespoir, ce qui nous ferait perdre leur coopération au travail, je consentis à ce qu'il me demandait. Le Lascar me remercia, grimpa, sans montrer la moindre crainte, l'échelle vacillante, noua le mouchoir au bout du mât de hune d'artimon, et revint sur le pont avec la plus grande tranquillité. I' m'assura que son Dieu était actuellement mon ami, puis descendit pour raconter à ses camades qu'il s'était acquitté de son devoir. Tous les Lascars parurent transportés de joie ; ils embrassèrent leur intrépide compatriote, et travaillèrent à pomper avec autant d'activité que s'ils n'eussent éprouvé auparavant ni fatigue, ni alarme. Ce fut à leurs efforts continus que l'équipage dut en grande partie son salut.

Le changement subit de vent, qui avait mis le bâtiment en travers de la lame, et emporté le gouvernail, ne fut heureusement qu'une bourrasque de peu de durée ; il cessa au bout d'un quart-d'heure ; s'il eût continué un peu plus long-temps, le bâtiment eût été mis en pièces ; mais le vent revint à son ancien coin, et se modéra graduellement.

Après que la chaloupe eut été confiée aux soins du second maître, et que le radeau eut été achevé, je tins conseil avec mes officiers ; ils furent unanimement d'avis qu'il était impossible de sauver le bâtiment, et qu'il nous restait d'autres moyens de salut que de courir sur la terre, et de faire côte. Quand l'équipage fut informé du résultat de cette consultation, il eut l'air de travailler avec un courage nouveau : nous cherchâmes à le maintenir dans ces bonnes dispositions, en assurant que nous ne tarderions pas à être en vue de terre, et, qu'en pompant avec persévérance, on tiendrait le bâtiment à flot jusqu'au moment où nous arriverions sur la côte.

Comme nous ne pûmes, pendant un certain temps, gouverner le vaisseau qui, en dépit de nos efforts, tournait l'arrière à terre, je fis remplacer le gouvernail par un autre que l'on construisit avec le mât de hune ; mais il ne put nous être de quelque usage qu'avec le secours de la chaloupe, que j'ordonnai de tenir en travers de l'arrière : cela nous nous servit, quoiqu'avec beaucoup de difficulté, à tenir l'avant du navire tourné vers la terre, tandis que le vent fut variable de la partie de l'est. On eût pu mettre à la mer un câble qui eût assez bien aidé à diriger la route du bâtiment ; mais il fut impossible de retirer des pompes assez de monde pour faire les préparations nécessaires.

Le 15, dans la soirée, nous eûmes connaissance de la terre à peu près à six lieues de distance. La joie générale se manifesta par des cris et des acclamations. *L'Hercule* continua à s'approcher de la côte avec cinq pieds d'eau dans la cale.

Le 16, dans la matinée, étant à environ deux lieues de terre, le vent à l'ouest, je fis jeter l'ancre, afin de tenter un dernier effort pour boucher les voies d'eau, et, s'il était possible, pour sauver le vaisseau. Mais l'arrière était en si mauvais état, qu'après un autre conseil tenu avec mes officiers, il fut résolu de faire côte. Un autre coup de vent nous menaçait ; il n'y avait pas de temps à perdre.

Je dis aussitôt au second maître, qui était
dans la chaloupe, de monter à bord, et je lui
confiai les journaux, les registres et tous les
papiers de quelque importance que j'avais à
bord; je lui donnai ensuite, et à ses trois hommes, de l'eau et des provisions; je le renvoyai
dans la chaloupe, en lui recommandant de se
tenir au large; et je lui dis que, si nous arri-
vions heureusement à terre, après avoir mis le
bâtiment à la côte, je chercherais une anse où
il pourrait se mettre à l'abri. Je l'engageai aussi
à fixer son attention sur les signaux qu'on ferait
de terre. Il me promit d'obéir fidèlement à mes
instructions, et retourna à son embarcation.

Nous étions sur la côte de Cafrerie, à quelques
lieues de l'endroit où le Rio-de-l'Infanta se jette
dans la mer. A mesure que la crise approchait,
nous nous mîmes en devoir de la soutenir avec
courage. Je donnai ordre de déployer les voiles
de l'avant, de roidir l'embossure, afin de tourner
l'avant du bâtiment vers la côte; et, du moment
où il y serait dirigé, l'on devait couper le câble
et l'embossure.

Mes ordres furent exécutés avec la plus grande
promptitude. Le bâtiment, arrivé à un demi-
mille de la côte, toucha sur un groupe de rochers. La houle était épouvantable en ce moment
et le navire talonnait avec tant de violence, que

l'équipage pouvait à peine se tenir sur le pont. Il resta trois à quatre minutes dans cette situation ; alors une lame le souleva par-dessus les rochers, et le porta à une encâblure plus près de terre. Il toucha de nouveau , et fut approché peu à peu du rivage par des lames terribles , qui venaient à chaque minute briser sur ses flancs.

Les amarres qui tenaient le radeau ayant cassé, il fut porté à une distance considérable du vaisseau, et toute espérance de salut de ce côté fut perdue. Cependant un matelot nègre se précipita dans la mer , et, avec des efforts vraiment surnaturels, gagna le radeau , et s'y assit. Il n'y avait pas été dix minutes, que le radeau chavira ; il fut jeté à l'eau. On le revit, quelques instans après, assis de nouveau : un second, un troisième coup de mer lui firent éprouver le même accident ; toujours il défia les vagues ; enfin, après deux heures de fatigues continuelles, il arriva à terre.

On y aperçut un grand nombre de naturels ; ils avaient allumé du feu. Ils étaient la plupart vêtus de peaux, armés de zagaies et suivis de beaucoup de chiens. Une troupe de ces hommes s'empara du matelot nègre , et le conduisit derrière des collines sablonneuses , situées le long du rivage, qui le cachèrent entièrement à nos regards.

Douze de mes gens se mirent à l'eau sur les morceaux de bois qu'ils purent trouver, et, bravant toutes les difficultés, ils finirent par gagner la plage. Aussitôt les naturels s'emparèrent d'eux, et les conduisirent aussi derrière les collines.

Comme nous, qui restions à bord, ne pouvions voir ce que les naturels faisaient derrière ces collines, et que nous apercevions de temps en temps plusieurs troupes de ces hommes venir le long du rivage, sans aucun de nos compagnons, nous conjecturions que tous ceux qui avaient abordé avaient été massacrés, et qu'un sort semblable nous était réservé à tous.

Nous étions réfugiés sur le gaillard d'avant, car le vaisseau ne bougeait pas de place ; la mer passait par-dessus, et c'était le seul endroit où nous pouvions être encore quelque temps en sûreté.

Nous passâmes la nuit dans la plus affreuse perplexité. Plusieurs de nous pensaient que plutôt que d'être torturés par les sauvages, et peut-être jetés dans le feu que nous apercevions sur le rivage, il valait mieux se précipiter dans les flots, et terminer ses jours par une souffrance de peu de durée. D'autres, au contraire, étaient d'avis d'aller à terre en corps aussi nombreux qu'il serait possible, et d'attaquer les naturels avec des pierres ou tout ce que l'on pourrait trouver ; mais cette mesure fut rejetée comme impraticable, puisqu'il n'y avait pas de possibilité que six hommes pussent se tenir ensemble à la surface de la mer, et que, quand même ce nombre pourrait miraculeusement aborder à la fois, les sauvages auraient la facilité de les tuer en un moment à coups de zagaies.

Toute la nuit se passa en projets semblables, et l'approche du jour redoubla les inquiétudes. Quand il parut, l'on ne découvrit personne sur le rivage. Vers neuf heures, tous ceux de nos gens qui étaient arrivés à terre s'avancèrent sur la plage, et nous firent signe de venir les rejoindre.

En un moment, tout ce qui pouvait flotter fut mis à la mer ; chaque morceau de bois, suivant sa grosseur, supportait deux hommes ou un plus grand nombre. Je me dépouillai de ma chemise, je me mis une jaquette courte, je nouai autour de ma ceinture un schal, dans le coin duquel je plaçai une montre d'or ; je me saisis d'une espare, et je m'élançai dans la mer. Pendant trois quarts d'heure je ne lâchai pas prise, et dérivai vers le rivage ; j'en étais quelquefois si près, que je pouvais toucher les rochers avec mes pieds, et, un moment après, j'étais tout-à-coup porté en arrière à une grande

11..

distance : enfin , le ressac donna une secousse si violente à mes deux bras, que je fus obligé de quitter l'espare ; heureusement qu'une lame me prit dans cet instant où j'étais éloigné du rivage, et me jeta sans connaissance sur le sable. Ceux de mes gens qui étaient à terre , m'ayant aperçu , m'arrachèrent au danger d'être emporté par une autre lame , et me portèrent dans un endroit sûr , où ils me posèrent près du feu , et firent tout ce qu'ils purent pour me rendre la connaissance ; ils y réussirent.

Ma première question fut naturellement relative à mon malheureux équipage : j'éprouvai la vive satisfaction de voir tout mon monde autour de moi, à l'exception d'un matelot qui avait péri près de la terre, et des hommes qui étaient dans la chaloupe. Je m'adressai aux naturels , en essayant de me faire comprendre par signes: il y avait, par bonheur, parmi eux, un Hottentot qui, ayant vécu avec les fermiers hollandais , parlait leur langage : mon troisième maître était Hollandais. Ces deux hommes furent nos interprètes.

Je remerciai les naturels, au nom de tout mon équipage et de la part de ma nation, du secours qu'ils nous avaient si humainement et si généreusement donné dans notre malheur , et je sollicitai pour l'avenir leurs bontés et leur assistance.

Jugeant que nous n'étions pas loin de l'endroit
où *le Grosvenor* avait péri en 1782, je demandai si quelqu'un des naturels se souvenait de
cette catastrophe : la plupart répondirent affir-
mativement, et grimpant sur une butte de sable,
me montrèrent le lieu du naufrage. Je m'infor-
mai d'eux de ce qu'ils pouvaient savoir du sort
du capitaine Coxon, qui s'était mis en route
pour aller par terre au Cap, avec une troupe
d'hommes et de femmes : ils me répondirent que
le capitaine Coxon et les hommes ayant été tués,
un des chefs ayant insisté pour mener deux femmes blanches à son kraal, le capitaine et les
hommes s'y opposèrent; et comme ils n'avaient
point d'armes, ils furent massacrés à l'instant.
Les naturels me donnèrent à entendre en même
temps qu'à l'époque du naufrage *du Grosvenor*,
leur nation était en guerre avec les colons hollandais ; et que le capitaine et ses gens étant
blancs, ils pensaient qu'ils se mettraient du
parti des colons, dès qu'ils arriveraient à leurs
fermes. Ces renseignemens m'affectèrent si vivement dans ma position, que je demandai sur
quel pied les colons et les Cafres étaient ensemble
en ce moment. « Nous sommes amis, me répon-
dit-on, et ce sera la faute des colons si nous ne
le sommes pas toujours. »

Cette réponse me tira d'un embarras très-

sérieux ; mais le sort des deux infortunées femmes blanches me toucha si douloureusement,
que je priai instamment les naturels de m'apprendre tout ce qu'ils savaient sur leur compte. Ils
me répondirent d'un air très-affligé qu'une de
ces femmes était morte peu de temps après être
arrivée au kraal ; ils pensaient que l'autre vivait
encore, et avait eu plusieurs enfans du chef
cafre : « Mais, ajoutèrent-ils, nous ne savons
pas où elle est actuellement. »

Nous nous occupâmes le reste du jour à aider
les naturels à sauver tout ce que la mer appor-
tait à terre des débris du navire. Les Cafres
cherchaient avec l'attention la plus minutieuse
tout le fer, et brûlaient de gros morceaux de
bois pour l'en tirer. Ils s'en allèrent à la nuit, et
nous nous mîmes à l'abri sous les collines de
sable, après avoir placé un certain nombre des
nôtres pour faire la garde, tandis que les autres
essayèrent de dormir autour du feu. Cela nous
fut impossible, car si nous nous chauffions d'un
côté, de l'autre le froid nous glaçait au point
de nous causer des douleurs presque insupportables : le sable, poussé par le vent, nous rem-
plissait les yeux, les oreilles et la bouche ; enfin,
nous étions tourmentés par les craintes que nous
inspiraient les naturels. Il me semblait que dans
le courant de la journée ils avaient reçu avec

froideur notre demande de nous aider à gagner les habitations des colons hollandais, et qu'ils n'avaient pas paru disposés à se séparer sitôt de nous.

Le jour parut enfin, et les Cafres revinrent en grand nombre. Leur chef voyant que nous avions besoin de manger, nous fit amener un bœuf, que ses gens tuèrent en le frappant sur la tête, et lui perçant les flancs avec leurs zagaies. Il fut écorché dans un instant, et coupé en morceaux, que les Cafres placèrent sur le feu, plutôt pour les flamber que pour les rôtir, puis mangèrent chacun leur part avec un plaisir évident. Nous n'eûmes que la plus petite portion de cet animal, qui nous avait été donné ; les Cafres avaient bon appétit ; ils ne connaissaient pas l'étiquette européenne, ils dévorèrent presque tout le bœuf, et avalèrent sa panse ; sortant toute chaude de son ventre.

Nous allâmes ensuite sur le rivage, et nous aperçûmes la chaloupe à une grande distance : le bâtiment échoué s'entr'ouvrait avec une grande promptitude ; le vent augmentait ; beaucoup d'objets étaient sans cesse jetés sur le rivage ; les Cafres ramassaient avec persévérance. Je reconnus une barrique qui fit naître chez moi les plus vives inquiétudes, car elle contenait deux cents quarante pintes de rhum, quantité suffisante pour enivrer tous les Cafres présens, quoiqu'ils fussent au moins trois cents, j'allai à l'endroit où était la barrique, et je la défonçai sans rien dire.

Les Cafres ayant trouvé la boussole, la donnèrent à leur chef, qui la mit en morceaux; après avoir considéré toutes les pièces dont elle était composée, il prit le cercle de cuivre dans lequel elle avait été suspendue, et le pendit à son cou, ayant l'air charmé de cet ornement. Je me souvins alors que j'avais une paire de boucles de jarretière plaquées; je les ôtai, et au moyen de deux ganses, je les attachai aux oreilles du chef, qui se mit aussitôt à marcher fièrement. Ses gens parurent avoir pour lui plus de respect qu'auparavant, et ne furent occupés pendant quelques momens qu'à regarder avec extase l'éclat de ses décorations, et sa marche noble et imposante.

Je profitai du crédit que ce présent me valut sur son esprit pour obtenir tous les renseignemens possibles sur les mœurs et les coutumes des Cafres. Pendant que je m'entretenais avec lui sur ce sujet, la plupart de mes gens et quelques naturels étaient occupés sur la plage. Ces derniers ramassèrent divers vêtemens qui leur firent grand plaisir; mais ils ne savaient pas comment s'en servir. Voyant qu'un Cafre essayait de boutonner par derrière le collet d'une chemise, j'allai lui aider à la mettre comme il fallait: mes gens en firent de même envers d'autres Cafres, qui furent si charmés de ces attentions, que pendant quelque temps ce ne fut que chants, que danses et que signes de bonne humeur.

Les divertissemens finis, je m'entretins de nouveau de notre départ avec le chef, le priant de me donner un guide pour nous conduire aux premiers établissemens chrétiens, et ajoutant que je ne manquerais pas de le récompenser de sa complaisance. Il garda un moment le silence, et me répondit très-froidement qu'il remplirait mes désirs. Je lui demandai alors de connaître en quel temps il nous laisserait partir ; il me répliqua très-gravement : « Je réfléchirai sur cet objet, et je vous ferai connaître ma détermination. »

Je conviens que ces réponses me causèrent de vives alarmes: l'air du sauvage semblait indiquer qu'il tramait quelque projet hostile dans sa tête ; et cependant sa conduite avait été jusque-là si généreuse et si humaine, que je ne pouvais pas avoir le moindre motif fondé de suspecter sa droiture. Je voyais les Cafres tenir conseil en troupes séparées.; leurs gestes ne me faisaient augurer rien de favorable à nos vœux.

Ce qui augmenta notre inquiétude fut leur

départ subit à la fin jour. Ils nous laissèrent
comme la veille, jouir du repos à l'abri des col
lines de sable.

Nous entretînmes notre feu avec les débris du
vaisseau, et nous plaçâmes des sentinelles : nous
fûmes encore tourmentés par des nuages de
sables et une atmosphère glaciale ; car on sait
que dans cette partie de l'Afrique, on est au
cœur de l'hiver au mois de juin. La nuit se passa
en consultations et en prédictions sinistres : je
recommandai à mes gens de bien prendre garde
de ne rien faire qui déplut aux Cafres ; mais en
même temps je les exhortai, dans le cas où
contre notre attente, ils voudraient ou nous attaquer, ou nous retenir au-delà d'un certain
temps, à nous tenir bien unis, et à nous faire
un passage par force, ou à mourir. On me répondit par des acclamations.

Quand le soleil se fut levé, les Cafres parurent : la plupart avaient des zagaies à la main ;
les uns portaient des massues, les autres étaient
parés de plumes d'autruche. Le chef portait une
peau de léopard, et mes boucles de jarretière.
Ils nous saluèrent amicalement, et nous les
suivîmes à la plage, où ils continuèrent à chercher du fer

Ils me montrèrent la manière de lancer leurs
javelots, et nous offrirent le simulacre d'un

combat; le chef lui-même me donna des instructions sur l'art de lancer les traits. Il ne fut
question de rien relativement à notre départ.

Le lendemain matin, nous nous occupâmes
tous à guetter notre chaloupe ; mais nous ne
l'aperçûmes pas. Nous commençâmes à désespérer de jamais la revoir. Tout ce que nous pûmes
conjecturer de plus triste fut sans doute accom_
pli, car nous n'entendîmes plus parler de nos
infortunés compagnons.

Les Cafres ne vinrent que deux heures après
le lever du soleil. Comme il n'y avait plus
grand'chose à se procurer des débris du navire,
je priai le chef de me dire s'il nous avait nommé
un guide, parce que mon projet était de partir
le lendemain. « Je vous en donnerai deux, me
dit-il. » La franchise de cette réponse affranchit
mon esprit de tout soupçon.

Comme je désirais beaucoup que l'interprète
Hottentot m'accompagnât à travers les déserts,
je fis connaître au chef combien ses services
nous seraient avantageux. Cet honnête sauvage
avait prévu mes vœux. Il avait déjà proposé au
Hottentot d'aller avec nous jusqu'à la première
ferme hollandaise, et ce dernier y avait con_
senti. Un autre individu de la même tribu, qui
connaissait mieux le pays, s'était décidé à être
de la partie. Quand mon équipage fut instruit

de ces particularités , elles lui causèrent une joie et une satisfaction infinie.

Après avoir assuré le chef et les Cafres en général de mon inaltérable amitié et de ma fidélité à récompenser nos guides conformément à leurs désirs, je lui dis que nous avions beaucoup souffert du manque d'eau, et je le priai de me faire connaître si nous pouvions nous en procurer. « Je veux vous conduire , répondit-il, à une source d'eau excellente ; elle n'est point loin d'ici , et si cela vous convient, nous irons à l'instant.» Nous nous mîmes en marche aussitôt; les Cafres s'avancèrent en chantant et en dansant, et mes gens, quoique leur esprit ne fût pas entièrement dégagé de soupçons , étaient assez gais.

Après avoir fait à peu près quatre milles dans un pays délicieux , nous arrivâmes à un bois au centre duquel était un endroit creux. Les Cafres y descendirent les premiers, et quand nous fûmes tous au fond, le chef me montra un courant d'eau ; nous en bûmes tous et la trouvâmes excellente. Mais en jetant les yeux autour de nous, quand notre soif eut été apaisée, l'aspect affreux de ce lieu renouvela nos craintes; la plupart des nôtres s'imaginèrent que les Cafres ne les y avaient amenés que dans le dessein de les massacrer tous. Je parvins cependant à faire cesser leurs terreurs.

Les Cafres nous conseillèrent de passer la nuit
dans ce lieu : nous allumâmes en conséquence
un bon feu ; mais quand la nuit approcha, ils
ne se retirèrent pas à leur ordinaire dans leur
kraal : ce qui fut une nouvelle source d'alarmes
pour mes gens, et quoique je fisse de nouveau
tous mes efforts pour calmer les inquiétudes ,
j'avoue qu'elles me parurent assez fondées. Nous
posâmes nos sentinelles , afin de nous préserver
de ce qui pourrait arriver de pire ; les Cafres,
couchés pêle-mêle, ne tardèrent pas à s'endor-
mir , et malgré l'aspect horrible du lieu où nous
nous trouvions, nous y fûmes mieux à l'abri que
dans celui où nous avions passé les nuits précédentes.

Au lever du soleil , nous fûmes réveillés par
les sauvages. Nous étions en assez bonne dispo-
sition ; mais nous avions consommé le dernier
morceau de bœuf avant de quitter les collines
de sable, et la crainte de la famine commençait
à nous tourmenter. Le chef, instruit de nos besoins, promit de les soulager après avoir fait
quelques milles , jusqu'au lieu où l'on devait
passer la nuit, il nous donna un autre bœuf ,
qui fut en un instant abattu , écorché et dépecé
en morceaux de quatre livres chacun , que nous
fîmes cuire comme provision de voyage.

Nous fûmes cette nuit moins agités de craintes

que la précédente, et le matin nous nous préé
parâmes à partir. Les Cafres vinrent nous aides
à partager les provisions. Chaque homme devait
porter les siennes ; elles consistaient en quatre
livres de bœuf et quelques biscuits sauvés df
naufrage.

Les Cafres, bien loin de manifester aucune
intention hostile, semblaient voir nos préparas
tifs avec regret. Je pris le chef par la main, e
je le remerciai de ses intentions généreuses o
amicales pour mon équipage et pour moi, l'ag
surant en même temps que si je ne périssais pas
dans ce voyage, je regarderais comme mon prem
mier devoir de rendre quelque service essentioi
à lui et à son peuple. Il me répondit qu'il m'é
tait bien obligé de mes bonnes intentions, et ma
pria de dire aux colons que notre navire s'étar
perdu à la mer, et à une si grande distance db
terre, que rien n'y en était arrivé ; il m'exhortu
en même temps à avoir la plus grande confiano
dans ses guides, parce qu'ils me conduiraient
bien certainement dans la meilleure route.

Après que mes gens et les Cafres se furent
donnés réciproquement toutes sortes de marquot
d'affection, nous nous séparâmes et nous nous
dîmes le dernier adieu.

Les Cafres, qui dans notre malheur nous
ont traités avec tant d'humanité et de générosite

forment une tribu connue sous le nom de Tam-
bouchis ou Tambockis. Ils ont été dépeints comme les plus féroces, les plus vindicatifs et les
plus détestables de tous les habitans du vaste
territoire de la Cafrerie. Mais le but de cette
calomnie a été de couvrir les cruautés commises
par les colons hollandais ; et les traits affreux
sous lesquels ces Cafres ont été dépeints, ont
eu pour cause la perversité des chrétiens plus
sauvages qu'eux. Quand les Cafres, animés par
une attaque des colons qu'ils n'ont pas provoqués,
tuent un blanc par justes représailles, la nouvelle en est soigneusement portée au siége du
gouvernement du Cap : les pauvres sauvages
sont signalés comme une horde d'animaux féroces qui ravagent le pays et répandent la consternation devant eux. Les fermiers chrétiens
saisissent cette occasion pour se réunir, pénétrer dans le pays de ceux qu'ils appellent leurs
ennemis, et en massacrer des peuplades entières,
sans distinction d'âge ni de sexe. Leur objet est
de s'emparer des bestiaux, dont ils emmènent
des troupeaux immenses. Ensuite ils attendent
que d'autre bétail se trouve à leur portée, et ils
renouvellent leurs déprédations. Je vais raconter à
ce sujet un fait qui eut lieu durant notre voyage.

Un de nos guides cria tout-à-coup à notre
troupe de faire halte. Je lui demandai pourquoi :

« Regardez bien l'endroit où vous êtes, répliqua-t-il, c'est un lieu de malheur, mais bien digne de votre attention. » Comme je ne voyais rien de remarquable, je le priai de s'expliquer. « Il y a quelques années, continua-t-il, deux de mes compatriotes gardaient leurs bestiaux en ce lieu. Nous étions alors dans une paix profonde avec les colons ; nous ne les soupçonnions nullement du dessein de nous faire du mal. Cependant des coups de fusils sont soudainement tirés, de derrière ces buissons, sur nos compatriotes. L'un tomba mort sur la place ; l'autre ne fut que blessé et eut le bonheur de pouvoir s'échapper. Les colons s'emparèrent de nos bestiaux, et les emmenèrent à leurs fermes. La nouvelle de ce meurtre et de ce vol ne tarda pas à être portée dans nos hordes, et occasiona la dernière guerre entre les Colons et les Cafres. »

Le pauvre sauvage raconta cette histoire avec tant d'émotion et de candeur, qu'il n'était guère possible de douter de sa véracité. On lui demanda si tous les colons avaient un caractère aussi odieux. « J'espère que non, » répondit-il. En effet, il en est plusieurs qui ont une horreur extrême pour la conduite de leurs voisins maraudeurs.

Nos guides nous expliquèrent aussi les motifs pour lesquels les Cafres nous avaient retenus si

long-temps. Quand ils tinrent conseil relativement à notre départ, il fut résolu de ne pas
nous laisser partir, jusqu'à ce qu'ils eussent tout
retiré du navire naufragé. Ils savaient que nous
instruirions les colons de notre malheur, et que,
quoique ceux-ci n'eussent pas le droit de passer
le Vis-Rivier, ou rivière des Poissons, ils vien-
draient à la recherche des débris ; ce qui arriva
effectivement, ainsi que je l'appris par la suite.
Les Cafres, en cette occasion, se réunirent en
grand nombre, et d'un ton menaçant, demandèrent aux Hollandais comment ils avaient osé
passé le Vis-Rivier, qui était leur limite. Les
colons convinrent de la justesse de l'observation,
et avec des morceaux de cuivre et d'autres
bagatelles dont les Cafres furent très-satisfaits,
ils achetèrent la permission de rester.

Le pays voisin du lieu de notre naufrage était
bien boisé, et vu la saison, car on se trouvait
alors au milieu de l'hiver ; la végétation se faisait
remarquer par sa vigueur. On peut dire, à la
lettre, que le gros bétail s'y trouvait en quantité
innombrable, les bœufs y étaient aussi beaux
que ceux que l'on engraisse avec soin en Angleterre. Nous ne vîmes pas de moutons, et nous
n'aperçûmes pas la moindre trace de travaux
agricoles ; le pays était borné au loin par des
montagnes qui enferment sans doute les sources

des nombreux ruisseaux dont la plaine est en-
tre-coupée dans diverses directions. Le mimosa se
rencontre très-fréquemment dans ce pays, qui
est si agréablement parsemé de bois, qu'on l'y
croirait planté à dessein par une main habile.

Le 23 juin, nous partîmes après le lever du
soleil : nos guides étaient remplis d'intelligence;
ils nous firent comprendre que nous ne pouvions
nous mettre en route de bonne heure, parce
que les bêtes féroces se levaient toujours avec
le soleil, et parcouraient le désert pour chercher leur proie. Malgré cet avis salutaire, et
quoique nous fussions tous sans armes, nos gens
étaient impatiens d'avancer; mais les guides refusèrent de quitter les feux avant qu'il fût à peu
près neuf heures.

Nous marchâmes vers l'ouest, en pénétrant
dans l'intérieur, afin de trouver de l'eau fraîche,
parce que, le long de la côte, elle est généralement saumâtre. La contrée que nous traversâmes offrait une variété charmante de collines,
de vallons et de vastes plaines bien arrosées,
mais moins boisées que les précédentes. Après
avoir fait près de trente-cinq milles, nous mar-
quâmes le désir de nous reposer la nuit près
d'un ruisseau au coin d'un bois ; nos guides nous
dirent que ce lieu était fréquenté par des léopards, et que si ces animaux devinaient notre

présence, rien ne pourrait les empêcher de dévorer quelqu'un de nous. Nous fîmes un très-grand feu, et nous nous mîmes à délibérer sur les moyens les plus probables de pourvoir à notre sécurité ; mais bientôt l'influence toute puissante du sommeil vint mettre un terme à notre conversation et à nos craintes jusqu'au lendemain matin.

A peine le soleil fut-il levé, que l'effroyable rugissement des lions nous réveilla : s'ils nous eussent découverts pendant que nous dormions, ils nous eussent infailliblement déchirés en pièces : nous nous trouvâmes très-heureux d'avoir échappé à ce danger.

Nous perdîmes une grande partie de cette journée à chercher de l'eau : nous en découvrîmes, au coucher du soleil, un petit filet près de la lisière d'un bois ; comme nous avions fait près de trente mille, nous résolûmes de passer la nuit en ce lieu. Nous avions, dans le jour, remarqué beaucoup de traces d'éléphans et de rhinocéros : notre situation, fut cette nuit-là, aussi périlleuse que la précédente ; nous eûmes néanmoins, au point du jour, le plaisir de voir qu'il ne nous manquait personne.

A midi, nous rencontrâmes une horde de Cafres, que leurs compatriotes désignaient comme une tribu méchante. Nous parlâmes d'a-

bord à des femmes cafres, qui nous accueillirent
avec bonté, et nous donnèrent du lait contenu
dans des paniers faits de baguettes tissues d'une
manière si serrée, qu'ils retenaient l'eau. Un peu
plus loin, douze Cafres armés de zagaies, et
vêtus de peaux de léopards, nous arrêtèrent. Nos
guides, alarmés de leur présence, s'enfuirent sur les
bords du grand Vis-Rivier, qui était à peu de
distance de l'endroit où nous nous trouvions.
Nous eûmes beau leur crier, à plusieurs reprises, de revenir sur leurs pas, ils traversèrent à
la hâte le lit de cette rivière, qui était à sec ;
et arrivés au bord opposé, ils gravirent, avec
la plus grande précipitation, une montagne
voisine.

Les sauvages brandirent leurs zagaies, et
firent des gestes menaçans : nous ne comprenions
rien de ce qu'ils disaient ; mais nous étions déterminés à ne céder ni nos vêtemens, ni nos
provisions, dans le cas où ils voudraient nous
les arracher. Un Cafre essaya de prendre un
couteau qu'un de nos gens avait pendu à son
épaule. La résistance de celui-ci fit lâcher prise
au sauvage, et l'exaspéra tellement, qu'il leva
sa lance comme pour tuer l'autre. Son attitude
était à peindre ; il avait réellement l'air infer-
nal. Une peau de léopard couvrait son corps ;
son visage noir était barbouillé de terre rouge ;

la rage enflammait ses yeux, qui semblaient sortir
de leurs orbites ; sa grande bouche ouverte laissait voir ses dents, que la colère lui faisait
grincer. Mais tout-à-coup il laissa tomber son
arme : nous traversâmes aussitôt la rivière, et
nous rejoignîmes nos guides, qui témoignèrent
le plus grand plaisir de ce que nous étions sortis
de cette aventure sans accident fâcheux. Ils
nous assurèrent que si le reste de la troupe n'a-
vait pas été à la chasse quand nous arrivâmes
sur les bords du Vis-Rivier, pas un de nous
n'eût échappé : ils nous répétèrent que cette
peuplade était la plus perverse de toute la Cafrerie.

En descendant la montagne, la beauté de la
perspective émoussa le souvenir du danger.
Aussi loin que la vue pouvait s'étendre, le pays
offrait une succession de plaines où serpentaient
d'innombrables ruisseaux, et de collines couvertes de bouquets de mimosa. De toutes parts,
des troupeaux de bœufs animaient ce superbe
paysage.

Avant la fin du jour, nous fîmes une espèce
de barricade pour nous mettre à couvert de l'attaque des bêtes féroces, et après avoir allumé
nos feux, nous nous endormîmes ; mais notre
sommeil fut constamment troublé par un troupeau d'éléphans qui, sortant d'un bois voisin,

allaient etsans venaient cesse. Il est probable
que, sans nos barricades, ces monstrueux animaux nous eussent écrasés de leur masse en
nous foulant aux pieds.

Nous voyageâmes encore dans une contrée
délicieuse. Nous y trouvâmes des huttes ouver-
tes ; la curiosité que nous cûmes d'entrer dans
l'une d'elles fut payée bien cher : car dans un
moment, nous fûmes couverts de puces. Nous
fîmes ce jour-là près de trente-cinq milles ; le
soir je fus alarmé de voir que plusieurs de mes
gens se plaignaient beaucoup de mal aux pieds.
Dans le commencement de notre voyage, nous
n'avions que quatre paires de souliers pour tous.

Nous nous mîmes en route le lendemain à
sept heures ; plusieurs des nôtres, épuisés de
fatigue, restèrent en arrière ; je jugeai que,
dans de telles conjonctures, ceux qui étaient
en état de marcher devaient se hâter pour trouver un lieu où il y eût de l'eau et du bois. Le
jour suivant, nous ne partîmes qu'au lever du
soleil ; mais aucun des nôtres ne nous rejoignit.
Nos guides nous dirent que dans la journée nous
arriverions à un établissement hollandais ; ils
avaient raison, mais par malheur nous le trouvâmes abandonné.

La position de nos compagnons nous tint
véeillés toute la nuit suivante ; on ne s'entrete-

nait que de leur sort, et on désespérait de les
revoir jamais. Ils étaient restés dans un lieu
fréquenté par les bêtes féroces, et ne couraient
pas moins de dangers de la part des Boschimens
qui infestent aussi ce canton, et tuent à coups
de flèches empoisonnées les objets de leur vengeance.

Notre troupe était composée de soixante
hommes, en quittant le bord de la mer; trente-
six étaient restés en arrière. Nous prîmes cependant courage, quand nos guides nous assurèrent que nous étions près d'un établissement
habité, le dernier que nous avions vu ayant été
détruit par les Cafres durant leur guerre avec
les colons. Nous avions marché trois heures
sans faire halte, lorsqu'un des guides s'écria,
avec l'accent de la joie : « Je vois un Hottentot
qui garde un troupeau de bœufs. » Nous courûmes à l'endroit où il était, et nous aperçûmes,
à une distance considérable, ce Hottentot qui
gardait un troupeau d'au moins quatre mille
têtes. Ce pâtre eut d'abord l'air alarmé de l'approche de tant de monde ; mais quand il eut
reconnu que nous étions la plupart des blancs et
sans armes, il s'arrêta et nous attendit. Je le
priai de nous conduire par le plus court chemin,
au plus prochain établissement ; il y consentit,
en nous disant qu'il était à trois heures de
marche.

Il est impossible de décrire la joie de mes gens ; c'était à qui arriverait le premier ; à la fin , nous vîmes une ferme qui appartenait à Jean **Du Pliesies** , colon du premier ordre. Il était né en Hollande, mais depuis plusieurs années il habitait l'Afrique ; c'était un homme humain et généreux ; il avait environ soixante ans. Sa famille était composée de cinq à six fils , avec leurs femmes et leurs enfans , et d'une fille ; le tout faisait près de vingt personnes ; il possédait douze mille brebis et mille bœufs. Il demeurait dans une maison d'argile, couverte d'une espèce de roseau ; il y avait pour meubles quelques chaises, une table et des ustensiles de cuisine.

Le récit de nos malheurs , et la demande que nous lui adressâmes de secourir ceux que nous avions laissés en arrière , émurent vivement cet homme sensible. Il s'écria qu'il n'y avait pas de temps à perdre pour aller à leur secours, et ordonna sur-le-champ à deux de ses fils d'atteler huit bœufs à un charriot , et leur enjoignit de marcher toute la nuit jusqu'au lieu que les guides leur décrivirent.

Cette demeure écartée était presque entièrement entourée d'arbres, auxquels , on voyait suspendues, pour sécher , les peaux des lions , des tigres , des panthères et d'autres bêtes féroces tués dans le voisinage ; je remarquai auss

près de la porte les carcasses de deux animaux
énormes, qui semblaient avoir été tués depuis
peu. Le colon me dit que c'étaient les restes de
deux rhinocéros que son fils avait tués la veille
sur ses terres. D'après ce qu'il ma raconté, le
rhinocéros est le plus redoutable des animaux
du désert ; le lion même fuit devant lui, et il
en avait vu une preuve deux ans auparavant. Il
traversait ses possessions dans la matinée, quand
il vit, à un demi-mille de l'endroit où il était,
un lion entrer dans un hallier ; quelques minutes après, il en vit un second, puis un troisième,
et enfin un quatrième ; ils avaient l'air de se
suivre sans se presser ; bref, en moins d'une
heure, il en compta neuf qui entrèrent dans le
même bois. N'ayant jamais vu ces animaux se
réunir en aussi grand nombre, il voulut en
connaître la cause, et se cacha ; il attendit plus
d'une heure sans rien voir ; enfin, un rhinocéros, d'une taille extraordinaire, s'approcha
du bois, s'arrêta environ cinq minutes à une
petite distance, puis leva le museau en l'air, et
finit par sentir les animaux cachés dans le
hallier. Aussitôt il fondit dans le bois, et en
moins de cinq minutes les lions décampèrent chacun de leur côté, comme agités d'une extrême
frayeur ; le rhinocéros continua à battre long-
temps le bois pour chercher ses ennemis, et ne
les trouvant pas, il revint dans la plaine, où,

après avoir regardé autour de lui, il entra en
furie, et déchira la terre. Après que l'animal
eut disparu, le fermier retourna chez lui.

Le lendemain on nous servit un mouton à
notre déjeûner. Je causai avec notre hôte, qui
nous donna des détails intéressans sur le canton
qu'il habitait et sur les restrictions que le gouvernement hollandais du Cap met à l'industrie
des colons. « J'ai sur ma ferme, dit Du Pliesies,
une mine de plomb ; elle est si près de la surface de la terre, que nous pouvons la racler
avec nos mains ; cependant nous n'osons y toucher ; car si l'on savait que nous en eussions
fondu une seule livre, nous serions transportés
à Batavia pour le reste de nos jours. »

Notre bienfaiteur envoya des messagers à ses
amis, pour les prier d'aider à nous transporter
au Cap. Il en vint plusieurs qui nous comblèrent
de marques d'intérêt et de générosité, et offrirent même de prendre chez eux plusieurs de
mes gens, jusqu'à ce qu'ils fussent en état d'entreprendre le voyage, ajoutant qu'alors ils sai-
siraient la première occasion de les conduire au
Cap.

Sur ces entrefaites, on vint nous annoncer
que le chariot arrivait. J'eus la satisfaction d'y
trouver vingt-trois de mes gens, la plupart
Lascars. Ils avaient été rencontrés près d'un

bois où ils avaient renoncé à toute espérance
de salut. La veille, treize de leurs compagnons
les avaient quittés, et l'on n'avait pu savoir
quelle route ils avaient prise. Je ne les revis
pas ; mais lorsque je fus arrivé en Europe,
j'appris qu'après avoir essuyé bien des maux,
ils avaient tous heureusement gagné le Cap.

Je songeai ensuite à récompenser nos deux
guides, et pour un moment cela me causa beaucoup d'embarras. Mais j'en fus tirés par une
nouvelle tout-à-fait inattendue. Un de mes gens
m'informa qu'un matelot s'était, avant de quitter
le vaisseau, emparé d'une douzaine de mes
cuillers de table et de plusieurs cuillers à thé,
et qu'il les avait encore toutes sur lui. J'allai
aussitôt demander mes cuillers à ce matelot,
qui me les rendit à l'instant, et me dit que son
intention était de me les remettre à notre arrivée au Cap. Je donnai cinq grandes cuillers au
fermier Du Pliesies, qui en échange me fit amener deux beufs d'une taille extraordinaire, et
deux gros moutons. Alors je fis don de ces animaux à nos guides, comme une récompense de
leur fidélité. Ils me remercièrent beaucoup, et
partirent pour retourner dans les belles et fertiles plaines de la Cafrerie.

Notre généreux hôte nous prêta un chariot
avec deux atelages de bœufs, composés chacun

12..

de huit, et conduits par trois Hottentots ; il y ajouta des provisions. Un de ses fils, armé complètement, nous accompagna aussi. Enfin il nous remit une lettre de recommandation pour d'autres colons.

Nous quittâmes, au nombre de quarante-sept, la demeure hospitalière de Du Pliesies, et après avoir fait trente-cinq milles, nous arrivâmes à la fin du jour à une autre ferme où nous passâmes la nuit. En prenant, le lendemain matin, congé de Corneille Englebroeks, qui en était propriétaire, il ajouta à l'accueil hospitalier que nous avions reçu de lui, le don de neuf moutons, et regretta de ne pouvoir nous donner un morceau de pain. « Nous vivons principalement, me dit-il, de mouton et de gibier, et dans toute l'année nous avons rarement le plaisir de manger du pain. »

Durant les six jours qui suivirent, nous voyageâmes ainsi d'une ferme à l'autre. Elles sont généralement éloignées l'une de l'autre de quinze à seize lieues de marche. Partout on nous accueillit avec le même empressement et la même générosité. Je dois, en narrateur fidèle, ne pas omettre de le dire, parce que les colons ont fréquemment été représentés comme des bandits féroces qui ne connaissent aucun frein. Si beaucoup d'entre eux méritent cette qualification, il faut convenir que j'ai eu bien du bonheur, puisque je n'ai rencontré que des hommes estimables, dont la réputation doit soigneusement être préservée de tout opprobre.

Pendant quelques jours, nous n'avions que peu de pain, et pas beaucoup d'eau. Le pays que nous traversâmes était entre-coupé de collines et de vallées, et offrait les perspectives les plus romantiques. Nous vîmes souvent des troupes de loups et des troupeaux de l'espèce d'antilope, appelée springbock, qui n'en contenait pas moins de douze à quatorze mille. Plusieurs colons me dirent qu'il arrivait assez fréquemment d'en tuer trois d'un coup. Nous aperçûmes aussi beaucoup de pintades que les chiens des fermiers prennent aisément quand il a tombé de la pluie. Le zèbre est commun dans cette partie lointaine de la colonie; enfin j'ai, à diverses reprises, vu ensemble quatre autruches, qui ne paraissaient pas très-alarmées de l'apparition de notre caravane.

On nous indiqua plusieurs lieux comme hantés plus particulièrement par les bêtes féroces; mais quelque terreur qu'elles inspirent à un Européen, elles sont moins redoutables pour un Hottentot, qu'un Boschimen. J'avais tant entendu parler de cette peuplade de sauvages, que j'avais le plus grand désir d'en voir un in

dividu. Ma curiosité fut satisfaite. Un colon,
chez lequel nous passâmes la nuit, avait, plusieurs années, combattu un parti de Boschimens;
plusieurs avaient été tués. Un enfant, dont la
mère avait probablement péri, avait été sauvé
et amené dans la maison du colon, où on l'é-
levait. Quand je le vis, il avait environ vingt-
cinq ans; sa taille n'était que de quatre pieds
deux pouces. Au lieu du nez saillant, il n'avait
qu'un morceau de peau aplati au-dessus des
narines, et, quoique gras et trapu, son agilité
et sa souplesse surpassaient celle des antilopes.
Quand les Boschimens sont en nombre suffisant,
ils attaquent et tuent les Hottentots et les Cafres
partout où ils les trouvent : les colons, en re-
vanche, vont à la chasse des Boschimens comme
à celle des bêtes sauvages, et ne leur font
jamais de quartier. Les Boschimens se servent
d'un arc de deux pieds et demi de long, et de
flèches plus courtes de quatre pouces; ils les
trempent dans un poison si actif, suivant l'opinion commune, que sa malignité défie tous les
remèdes humains.

En passant dans une vallée affreuse, longue
de trois milles, nos conducteurs nous dirent
qu'on l'appelait le sentier du Boschimen. Durant
tout le temps que nous mîmes à la traverser,
ils tinrent leurs fusils en arrêt, comme prêts à

tirer sur quelque objet particulier. Des broussailles épaisses couvraient le penchant des collines partout où le roc ne se montrait pas à nu.
C'est dans les cavités isolées que forment ces
masses de rochers, que se retirent des hordes
entières de cette peuplade singulière. Nos conducteurs nous avertissaient sans cesse de nous
tenir sur nos gardes, parce qu'ils savaient que
c'était là le repaire des Boschimens, qui nous
épiaient, quoique nous ne les vissions pas. Il
est certain qu'ils se trouvaient dans ce lieu, mais
notre grand nombre les empêcha probablement
de nous attaquer. Ces gens vivent de pillage,
et du fruit d'un petit arbre appelé pain de
Boschimen. On les regarde comme une race
d'hommes bien distincte.

Du 8 au 16 de juillet, notre voyage ne fut
interrompu par aucun événement désagréable.
Le pays que nous traversâmes nous présentait
sans cesse des beautés nouvelles. En passant par
de riches vallées qui abondaient en plantes odo-
riférantes, je fus souvent diverti par les observations des matelots. L'un disait qu'il bâtirait
une maison dans tel endroit, après avoir fait
fortune et quitté la mer. Un autre préférait un
site différent, et disait qu'il y aurait un château
Un troisième choisissait un lieu plus agréable,
et affirmait qu'il se contenterait d'une ferme

bien munie de bœufs C'étaient ainsi qu'ils marchaient les ennuis de la route.

Vers le 14 de juillet, nous arrivâmes à la ferme d'un vieillard aveugle qui fut si ému au récit de nos malheurs qu'il fondit en larmes. Après le souper, il dit qu'il voulait célébrer notre entrevue par une chanson, et en entonna une, d'une voix de Stentor. Des applaudissemens universels l'accueillirent quand il eut fini. « Allons, capitaine, dit-il, en s'adressant à moi, j'ai un service à vous demander : priez tous vos gens de chanter. » Il était impossible de ne pas rire d'une demande si bizarre; cependant je priai un matelot américain, assis à côté de moi, de chanter une de ses plus jolies chansons. Il n'eut pas plus tôt commencé, que tous les Lascars l'accompagnèrent en cœur, et l'exemple de ceux-ci fut suivi par les Suédois, les Portugais, les Hollandais : en un mot par tous les hommes de l'équipage, chacun dans sa langue, de sorte que cela fit le plus singulier concert qui jamais cût été entendu. Notre hôte fut néanmoins si enchanté de cette musique que dans un accès de rire, il pensa tomber en bas de sa chaise.

Comme il n'y avait pas assez de place pour nous tous dans la maison de notre hôte, une part de mes gens dormit en plein air; afin

d'empêcher le retour d'un pareil inconvénient,
nous convînmes de nous partager. Dans quelques
fermes, les propriétaires ne pouvaient nous
fournir un chariot; et, quoique l'on me donnât
un cheval, mes gens étaient obligés de marcher,
ce qui en engagea quelques-uns, qui n'avaient
pas la force de faire la route à pied, à rester
avec les colons. L'un d'eux, qui était tonnelier,
ayant donné des preuves de son habileté, fut
invité à s'établir dans la ferme; il épousa ensuite
la fille du propriétaire, et devint un colon indé-
pendant.

Nous nous séparâmes le 18 dans la matinée.
Je pris avec moi mon premier et mon second
maîtres, et trois autres de mes gens qui voulaient venir avec moi. En avançant nous trouvâmes le pays plus peuplé, et, dans plusieurs
cantons les fermes n'étaient éloignées l'une de
l'autre que de deux heures de marche. Du 17
au 21, nous traversâmes une contrée montueuse;
mais les vallées étaient fertiles, et les troupeaux
de bétail innombrables. Le 22, nous arrivâmes
à Zwellendam, nous y reçûmes l'accueil le plus
hospitalier du chef de ce district, qui a sous
ses ordres un établissement de seize à dix-huit
mille maisons. Il me fit voir, dans son écurie,
deux beaux zèbres, qu'il essayait d'apprivoiser
pour les soumettre au harnais. Le lendemain,

il me donna une lettre de recommandation pour le général Craig, commandant en chef au Cap ; il l'informait de la perte de mon navire, et de toutes les souffrances que j'avais endurées dans mon voyage ; et comme ce général était de ses amis, il le priait de me rendre tous les services qu'il pourrait, ajoutant qu'il se regarderait par-là comme obligé lui-même.

Quatre jours après, nous arrivâmes à Stellen-Bos, dont le propriétaire me fit un accueil que je ne puis me rappeler qu'avec les expressions de la reconnaissance et de l'estime. Il vit dans l'abondance comme les autres fermiers, et sa maison est dans la position la plus délicieuse ; j'y ai vu trois campriers d'une dimension considérable ; il y a des vignes extrêmement productives. Les habitans de ce canton se mettent bien, mais plus à l'anglaise qu'à la hollandaise ; ils n'ont pas cette taciturnité et cette tristesse qui caractérise les Hollandais : ils sont vifs et gais.

Je restai trois jours avec le bienveillant et généreux propriétaire de Stellen-Bos ; je le quittai dans la matinée du 30, et le soir j'arrivai au Cap de Bonne-Espérance. Quoique mon corps fut maigri, m a santé n'était pas mauvaise.

Il ne manquait plus, pour rendre ma satisfaction complète, que de voir arriver mes gens, je savais que la plupart me suivaient en marchant avec beaucoup de peine, et comptaient sur mes efforts pour les soulager après toutes ces misères. Les réflexions pénibles que je faisais à cet égard, cessèrent aussitôt que je me rappelait qu'un officier anglais commandait au Cap. Indépendamment de la lettre que le brave habitant de Zwellendam m'avait donnée pour le général Craig, et dont j'espérais beaucoup, je pensais que l'état de détresse de mon équipage toucherait le cœur sensible et humain d'un militaire anglais.

Je m'étais trompé. Quand j'allai voir le général, il me dit : « Cela ne me regarde pas ; c'est l'affaire de l'amiral. » Je quittai le général sans autre cérémonie, et je me rendis chez l'amiral. Elphinstone, aujourd'hui lord Keith. Le contraste fut complet ; il me prodigua des marques d'intérêt et de bienveillance, et m'assura que quand mes gens arriveraient au Cap, on aurait soin d'eux jusqu'à ce qu'ils trouvassent des occasions de s'embarquer pour leurs destinations respectives. Ces promesses reçurent leur accomplissement. Durant un séjour de six semaines que je fis encore au Cap, trente de mes gens, la plupart Lascars, y arrivèrent dans un état de nudité complète. Le brave et généreux amiral donna aussitôt des ordres pour qu'on vînt à leur secours, ensuite il les envoya à la ville du Cap, pour s'embarquer à bord d'un navire affreté par la compagnie des Indes pour le Bengale.

Dans la seconde visite que je fis à ce respectable officier, il me questionna sur les colons, et je fus très-content de pouvoir satisfaire son désir. Rien n'échappait à son active curiosité, et ses observations annonçaient un homme doué à un très-haut degré d'intelligence et de sagacité. Ayant vu la liste des personnes qui, dans mon voyage, m'avaient traité avec tant de bonté, il s'écria avec transport : « Je vais ordonner d'envoyer à ces braves gens des présens de la valeur de cent livres sterling, comme une récompense de leur humanité. »

Je quittai le Cap sur le navire *la Sainte-Cécile*, capitaine Palmer, et j'arrivai à Brookhaven, en Irlande, vers le milieu de novembre 1796. Peu de jours après, je partis pour l'Angleterre, et je me trouvai encore une fois à Londres.

ᴏᴏᴏᴏᴏᴏᴏᴏᴏᴏᴏᴏᴏᴏᴏᴏᴏᴏᴏᴏᴏᴏᴏᴏᴏᴏᴏᴏᴏᴏᴏᴏᴏᴏᴏᴏᴏᴏ

XXII. Naufragé sauvé par son chien.

Nous croyons pouvoir rapporter dans notre ouvrage l'exemple extraordinaire de l'attachement et de l'intelligence d'un chien, sans lequel son maître aurait péri à la suite d'un naufrage. Nous le puisons dans l'intéressant et utile *Journal des Voyageurs*, ou *Archives géographiques*, publié chaque mois, avec un succès justement mérité, par MM. Verneur et Friville. Ce trait est raconté par un des témoins du rapport fait aux autorités de la côte, et rédigé par Edmond de M***, élève de rhétorique au collége royal de Henri IV, à Paris.

Vers la fin du mois de novembre 1818, un navire anglais, parti du port de Liverpool, se dirigeait vers les États-Unis, chargé de deux cent soixante-dix passagers. Pendant trois jours consécutifs, le plus beau temps sembla favoriser sa course; mais bientôt le ciel se couvre de nuage, les éclairs brillent, le tonnerre gronde, et tous les élémens se réunissent pour former la plus horrible tempête. L'équipage entier n'attend plus qu'une mort certaine ; il adresse à Dieu ses dernières prières. Enfin le moment fatal arrive : vers les onze heures du soir, le navire est poussé contre une côte de Bretagne , hérissée de rochers ; il s'y brisa avec un bruit affreux ; les malheureux passagers sont engloutis dans les flots ; la plupart des matelots luttent en vain contre la fureur des vagues. Quelques-uns cependant, après de pénibles efforts, parviennent à gagner le rivage. Mais les habitans inhospitaliers et barbares de cette côte donnent la mort aux naufragés pour piller leurs effets.

Le capitaine du vaisseau, qui se trouvait au petit nombre de ceux que la mort avait épargnés, avait été poussé assez loin du lieu où le bâtiment venait d'échouer. Jeté d'une manière miraculeuse sur un rocher plat, son premier mouvement fut de rendre grâce à Dieu qui l'avait préservé de là mort. Mais la marée approchait de plus en plus et menaçait bientôt de l'engloutir. Après avoir de nouveau imploré l'assistance du ciel, cet infortuné est soudain inspiré ; il recourt au seul ami qui l'a suivi , et cet ami , c'était son chien. En lui montrant le rivage , il lui met une clé dans la gueule : ce fidèle animal s'élance dans les flots, et, par des efforts multipliés, il parvint, malgré l'obscurité et le choc des vagues, à gagner la plage. Là ,

par ses hurlemens, il appelle au secours de
son maître. La tempête s'étant un peu apaisée,
et l'horizon commençant à s'éclaircir, le chien
intelligent, guidé par quelques faibles rayons
de la lune, se dirige vers une métairie qu'il
aperçoit de loin, et se met à hurler de nouveau.
Le maître de la ferme, prenant ces hurlemens
pour ceux d'un loup, sort armé d'un fusil;
mais quel est son étonnement à la vue d'un
chien qui le regarde avec des yeux supplians
et qui semble implorer son aide! La clé qu'il
découvre confirme ce brave homme dans l'o-
pinion que quelque naufragé implore, réclame
l'appui d'un être compatissant. Il éveille son
valet et l'emmène avec lui, conduits par le
chien qui les précède. Arrivé au lieu du naufrage, cet excellent animal se met à caresser
nos deux paysans, en leur indiquant de l'œil
son malheureux maître, qui répond par des
cris de désespoir aux hurlemens inquiets
de son fidèle compagnon. Ces bons paysans
réfléchissaient aux moyens de sauver le capitaine, lorsque le chien s'emparant d'un cablot,
ou menue corde, qu'ils avaient apporté, se met
à le tirer vers la mer. Frappés de cette action,
qui devint pour eux un trait de lumière, ils
lâchent le cablot qu'ils retiennent par l'autre
extrémité. Le chien aussitôt s'élance dans les

flots, où vingt fois il est sur le point d'être en-
glouti. La voix suppliante de son maître lui
donne de nouvelles forces, et le fait triompher
de tous les obstacles ; il aborde enfin sur le
rocher, et témoigne à celui auquel il est si ten-
drement attaché, toute la joie qu'il éprouve à
le voir. Mais il n'y avait pas un seul instant à
perdre, la marée allait les submerger. Le capitaine saisit le cablot, s'y lie fortement, et fait
signe aux paysans de tirer à eux : il se précipite
dans la mer suivi de l'intrépide animal qui lui
sauvait la vie. Meurtris et expirans de fatigue,
le capitaine et son chien arrivent enfin au rivage.
Nos deux paysans les transportent à la ferme,
et là ils prodiguent à leur hôte et à son intéressant compagnon, tous les soins dont l'un et
l'autre ont un si pressant besoin.

FIN DES FASTES DE LA MARINE.

TABLE
DES MATIÈRES.

FIN DE LA TABLE.

LIMOGES. — Imp. Martial Ardant Frères.

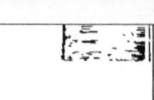

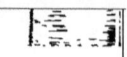

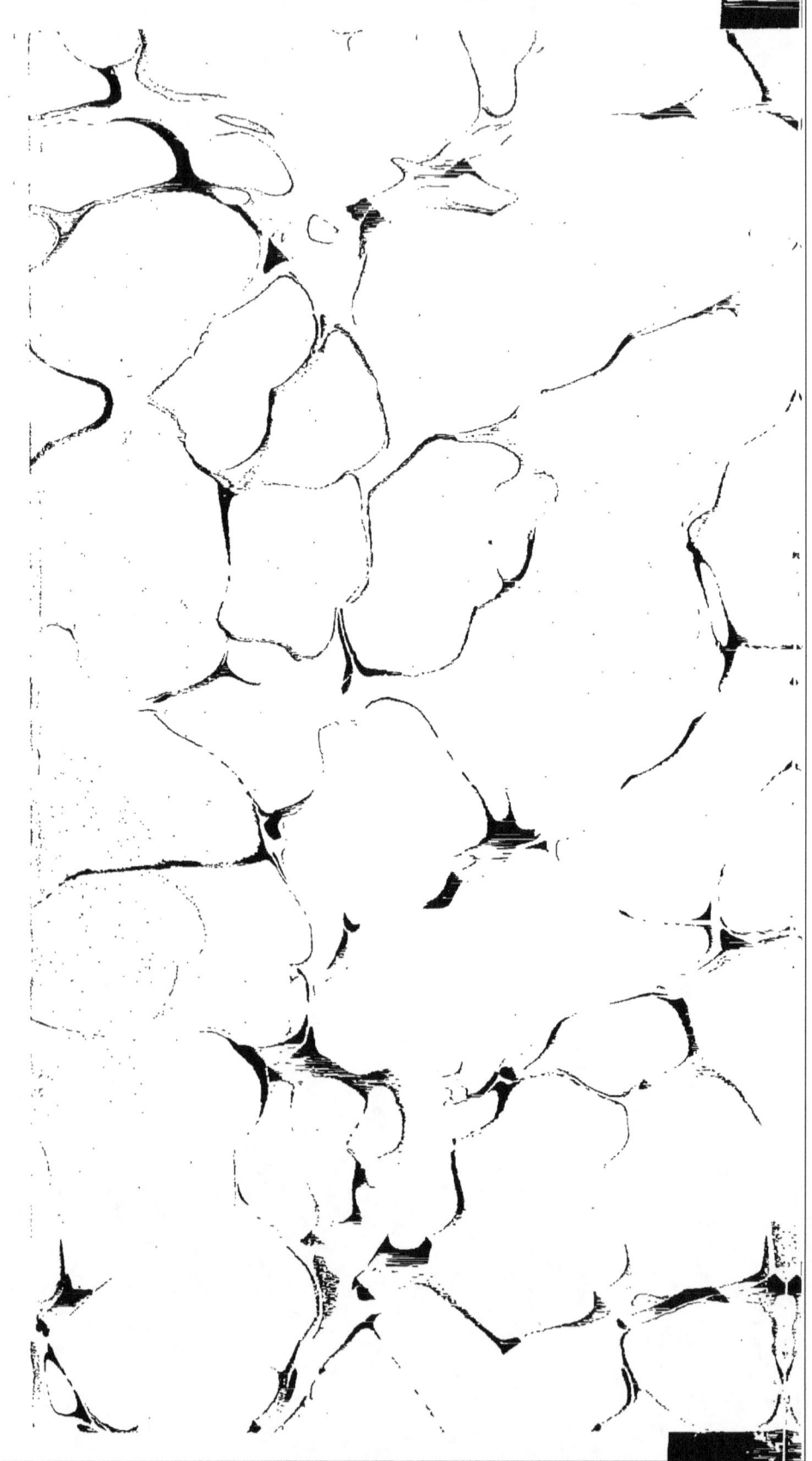

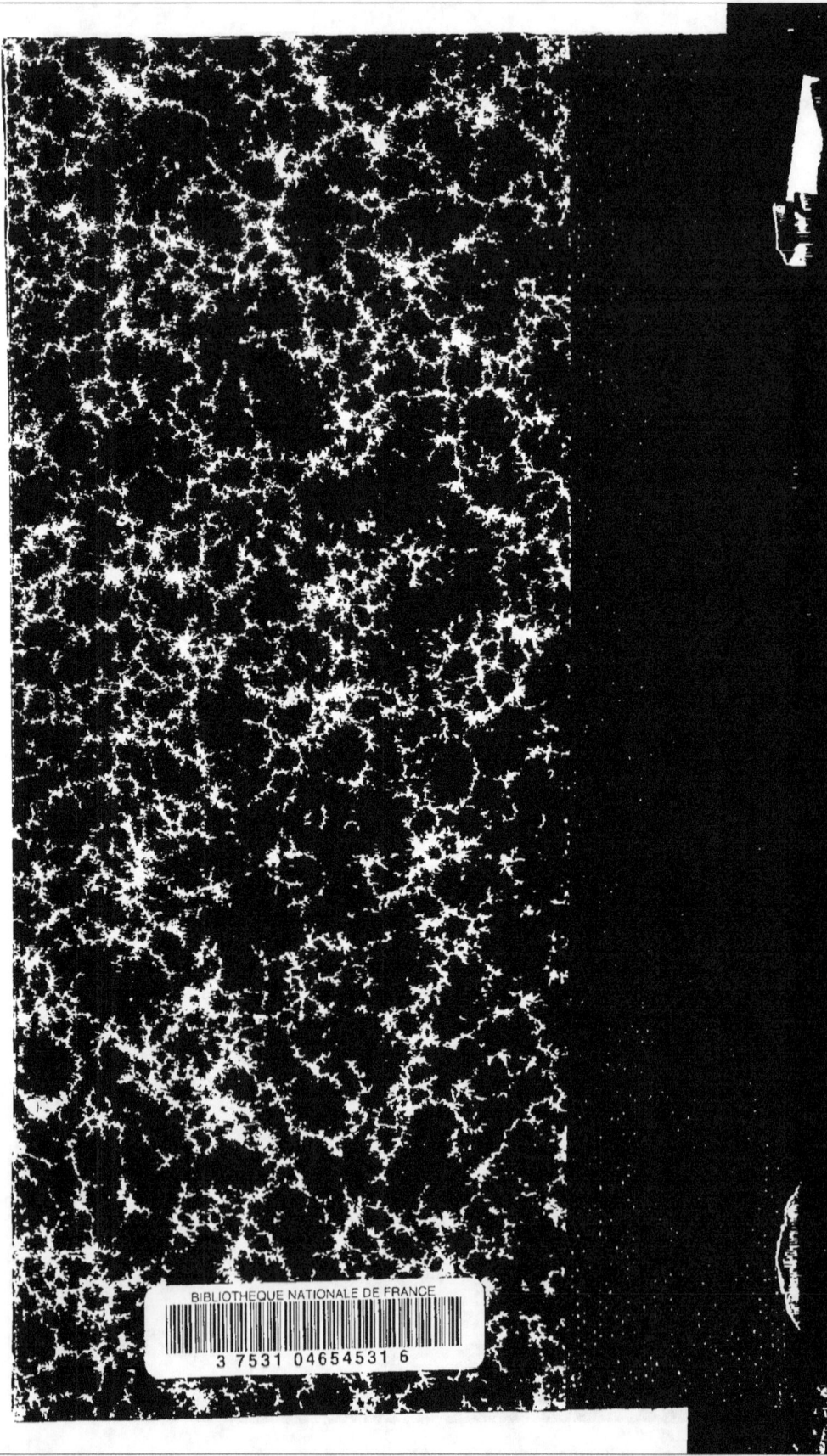